셰익스피어 희극

말괄량이 길들이기

The Taming of the Shrew

셰익스피어 희극

말괄량이 길들이기

초판 1쇄 | 2013년 8월 31일 발행
　　2쇄 | 2017년 8월 21일 발행

지은이 | 셰익스피어
옮긴이 | 김재남
펴낸곳 | 해누리
고　문 | 이동진
펴낸이 | 김진용
편집주간 | 조종순
본문디자인 | 신나미
표지디자인 | 안정미
마케팅 | 김진용

등록 | 1998년 9월 9일(제16-1732호)
등록 변경 | 2013년 12월 9일(제2002-000398호)

주소 | 서울특별시 영등포구 당산로 20길 13-1
전화 | (02)335-0414 팩스 | (02)335-0416
E-mail | haenuri0414@naver.com

ⓒ 해누리, 2013

ISBN 978-89-6226-038-0 (03840)

*무단전재와 무단복제를 할 수 없습니다.
*잘못된 책은 구입하신 서점에서 바꾸어 드립니다.

셰익스피어 희극

말괄량이 길들이기

The Taming of the Shrew

김재남 옮김

해누리

TAMING OF THE SHREW.

차례   머리말 · 6

작품 해설 · 9

장소, 등장인물 · 15

서막 1장 · 16
서막 2장 · 24

1막 1장 · 33
1막 2장 · 44

2막 1장 · 58

3막 1장 · 79
3막 2장 · 85

일러두기
*방백 _ 연극에서 등장인물이 말을 하지만 무대 위의 다른 인물에게는 들리지 않고 관객만 들을 수 있는 것으로 약속되어 있는 대사

셰익스피어 희극
말괄량이 길들이기

4막 1장 · 99
4막 2장 · 114
4막 3장 · 119
4막 4장 · 131
4막 5장 · 135

5막 1장 · 140
5막 2장 · 148

셰익스피어 인물 소개
_ 셰익스피어의 생애 · 160
_ 셰익스피어는 실존 인물인가? · 175
_ 셰익스피어의 연표 · 179

머리말

　　　　　　　김재남(金在枬) 교수님은 셰익스피어 연구에 평생을 바치셨으며 이 분야에서는 우리나라에서 최고의 대가들 가운데 한 분이시다. 또한 이미 1964년에 '셰익스피어 전집'을 번역, 출간하셨는데, 이것은 한 개인이 셰익스피어의 작품 전체를 번역한 것으로서는 우리나라에서 최초인 것이었으며, 동시에 셰익스피어 전집의 번역 자체도 전 세계에서 일곱 번째에 해당하는 일이었다. 그 후 김교수님은 30년에 걸친 1995년에 이르기까지 셰익스피어 전집을 두 번 수정, 보완하셨다.

　김교수님의 이러한 탁월한 업적에 대해 우리나라의 영문학계를 대표하시는 분들이 다음과 같이 평한 바가 있어서 여기 소개한다.

　"셰익스피어를 번역하는 사람은 먼저 그의 작품들을 계통적으로 연구한 전문학자라야 할 것이다. 또한 난해하거나 영묘한 셰익스피어의 표현을 우리말로 옮기는 데는 문학적 재능이 필요하다. 김재남 교수는 위에서 말한 두 가지 조건을 구비한다. 학계와 연극계의 일치된 요망에 부응하는 최초의 ≪셰익스피어 전집≫이 김재남 교수의 손으로 되어 나온다는 것은 지극히 타당한 일이

라 생각한다."_ 문학박사 최재서, 1964년 초판 서문에서

"셰익스피어 번역에는 참으로 어려운 문제들이 많다. 김교수는 이 방면에 훌륭한 준비를 갖추었고 그의 노력과 열의는 높이 평가되어야 할 분이라, 이 전집 번역을 혼자 힘으로 이룩한 데 대해 경의와 찬사를 아낄 수 없다. 극문학에 큰 공헌이 될 것을 의심하지 않는 바이다."_ 문학박사 권중휘, 1964년 초판 서문에서

"이 힘들고, 범인으로서는 불가능한 일을 할 수 있는 비범한 사람이 있는가? 과연 우리에게는 용기와 끈기와 추진력에다 능력과 자격을 겸비한 적격자가 있는가? 김재남 교수님이야말로 이 모든 것을 갖춘 비범한 적격자의 한 분이라고 나는 감히 말할 수 있다. 1964년에 셰익스피어 탄생 400주년에 맞추어 선생님은 셰익스피어 전집 번역본을 단독으로 내셨다. 이것은 우리나라의 보통 큰 문화적 사건이 아니었다. 세계적으로도 손가락으로 셀 수 있을 정도의 소수이며, 더구나 단독 완역은 한둘이나 될까 매우 드문 일이기 때문이다."_ 문학박사 이경식, 1995년 3정판 서문에서

"김재남 교수는 우리 영문학계에서 '한 우물만을 판' 사람으로 유명하다. 그에게 있어서 셰익스피어는 학문의 전부였고 아마도 인생의 전부이기도 했을 것이다. 그의 평소의 신념이 작품이란, 더욱이 셰익스피어 같은 대고전은 읽고 또 읽어야 그 진가를 알 수 있다는 것이었다. 그의 문학을 대하는 태도는 이렇듯 정통적이고 비타협적이었다. 그렇기 때문에 그의 번역도 몇 번이고 새로워질 수밖에 없었을 것이다."_ 문학박사 여석기, 1995년 3정판 서문에서

이번에 김재남 교수님의 번역본을 다시 출간하게 된 것은 김재남 교수님과

조성식(趙成植, 前 고려대학교 명예교수, 학술원 회원) 교수님 사이에 맺어진 절친한 우정 때문이다. 나는 나의 장인어른이신 조교수님으로부터 두 분의 우정에 관한 이야기를 평소에 많이 들어왔고 또한 김재남 교수님의 번역본을 해누리에서 다시 출간했으면 좋겠다는 말씀을 자주 들었다. 그래서 몇 해 전에 김재남 교수님의 사모님에게 감히 전화를 걸어 구두로 허락을 받았고 이제 드디어 출간하게 된 것이다. 다만 김재남 교수님의 번역본이 현재의 독자들에게 좀 더 읽기 쉽고 이해하기 쉬운 것이 되도록 위해 난해한 한자어를 풀이하는 등 약간의 수정을 거쳤으며 재미있는 관련 삽화들을 가능한 한 많이 수록했다.

이 출간을 통하여 김재남 교수님의 탁월한 업적이 앞으로도 계속해서 더욱 빛나게 되기를 진심으로 바랄 따름이다.

2011년 12월

李東震

(해누리 출판사 대표, 시인, 작가, 前 외교통상부 대사, 월간 착한이웃 발행인)

작품 해설 | 말괄량이 길들이기
The Taming of the Shrew

'말괄량이 길들이기'는 이탈리아식의 익살스런 소극(笑劇)이다. 제작 연대는 1593~1594년으로 추정된다. 최초의 상연 연대는 확실치 않다. 1594년에 '어떤 말괄량이 길들이기(The Taming of the Shrew)'라는 극이 사절판으로 출판된 바 있다. 이 사절판을 셰익스피어의 악사절판(惡四切版)으로 보는 견해와 이것을 기초로 셰익스피어가 개작했을 것이라는 견해가 있다. 현재 전자의 견해가 더욱 유력하다.

만취한 땜장이 슬라이로 하여금 자신을 영주(領主)로 믿게 하여, 그 앞에서 극중 극(劇中劇)으로써 말괄량이를 길들이라는 극이 벌어진다. 패튜어의 한 부호에게 두 딸이 있었다. 동생 비안카는 얌전해서 구혼자가 많으나 언니 캐터리너는 어찌나 말괄량이인지 아내로 삼겠다는 사람이 한 명도 없다.

아버지 바프티스타는 큰딸을 결혼시키기 전에는 비안카도 시집보내지 않겠다는 태도가 완강했기 때문에 비안카의 구혼자들은 몹시 조바심이 난다. 이때 베로나의 한 젊은 신사 페트루치오가 나타나서 말괄량이에게 용감하게 구혼한다. 페트루치오의 언행은 매우 방약무인일 수가 없는데도 이름난 말괄량이는 아버지의 권유로 마지못해 결혼을 승낙한다. 이윽고 페트루치오는 갖가지

 우스꽝스럽고도 위인적인 수단으로 말괄량이 캐터리너를 본격적으로 길들이기 시작하여 마침내는 온순한 아내로 만들어낸다.
 한편 비안카의 구혼자의 한 사람인 루센쇼도 갖가지 수법으로 비안카와 비밀리에 결혼하여 다른 구혼자들을 앞지르고 만다. 또한 비안카의 구혼자의 한 사람이었던 호텐쇼는 미망인과 결혼하게 된다. 그런데 이들 결혼 피로연에서 세 명의 신랑은 '누가 가장 온순한 신부인가?' 내기에서 세 신부들 중 캐터리너가 가장 온순한 아내임을 증명한다.
 이 극은 익살극의 상황 때문에 희극적 생기를 발산하고 있고, 발생적이나마 순수한 희극의 형태로 발전하여 신파적인 가면 너머에 연극적인 본질을 지니고 있는 듯하다. 이른바 말괄량이를 길들이는 역(役)인 페트루치오는 한낱 보

기 흉한 야만인이 아니라 비록 괴팍할망정 당당한 신사이다. 이는 젊은 셰익스피어가 흥미를 느낀 최초의 성격 묘사이다. 길들여지는 쪽인 캐터리너는 지독한 악녀(惡女) 왈가닥이 아니라 다만 악녀를 가장한 것뿐이요, 야비한 남편에게 짓밟히는 아내가 아니라 그녀의 눈에서는 사랑의 빛이 번뜩이고 음성에는 음악이 감도는, 참으로 온순하고도 명랑한 근대적 아내로 변용(變容)한 작품이다.

The Taming of the Shrew
말괄량이 길들이기
(1593~1594)

말괄량이 길들이기
The Taming of the Shrew

안 돼. 못 놓겠어. 이제 보니 당신은 참으로 상냥해. 소문에는 억척스럽고 뚱하고 무뚝뚝하다는데 그건 새빨간 거짓말이야. 알고 보니 쾌활하고 명랑하며 대단히 예의 바르고, 게다가 말씨는 얌전해. 더구나 봄철의 꽃처럼 예쁘지. 불쾌한 얼굴을 할 줄 모르고 곁눈질로 남을 멸시하지도 않으며, 화난 계집애처럼 입술을 깨물지도 않고 남의 얘기를 가로막고 쾌감을 느끼는 그런 여자도 아니란 말이다. 당신은 그러기는커녕 도리어 상냥한 태도와 부드럽고 얌전한 말씨로 구혼자들을 대하지.

_ 페트루치오가 캐터리너에게 한 말(2막 1장)

장소

패튜어 Patua와 페트루치오의 시골 별장

등장 인물

서막 Introduction

영주 A Lord
크리스토퍼 슬라이 Christopher Sly 술 취한 땜장이
술집 여주인 Hostess
바돌러뮤 Bartholomew   시동
그밖에 배우들, 사냥꾼들, 하인들

본극

바프티스타 Baptista	패튜어의 갑부
빈센쇼 Vincentio	피사 Pisa의 노신사
루센쇼 Lucentio	빈센쇼의 아들, 비안카를 사랑하는 청년
페트루치오 Petruchio	베로나 Verona의 신사, 캐터리너의 구혼자
그레미오 Gremio	비안카의 구혼자
호텐쇼 Hortensio	비안카의 구혼자
트래니오 Tranio	루센쇼의 하인
비온델로 Biondello	루센쇼의 하인
그루미오 Grumio	페트루치오의 하인
커티스 Curtis	페트루치오의 저택을 관리하고 있는 하인
너댄엘 Nathaniel	페트루치오의 하인
필립 Philip	페트루치오의 하인
조제프 Joseph	페트루치오의 하인
니콜러스 Nicholas	페트루치오의 하인
피터 Peter	페트루치오의 하인
맨튜어의 교사 A Pedant of Mantua	
캐터리너 Catharina	말괄량이, 바프티스타의 딸
비안카 Bianca	바프티스타의 딸
미망인 Widow	

그밖에 재단사, 잡화상, 바프티스타와 페트루치오의 하인들

서막 1장

히드 heath가 자란 벌판의 어느 술집 앞.

❧ 문이 열리고 안에서 술집 여주인에게 내쫓겨서 거지꼴을 한 슬라이가 휘청휘청 걸어 나온다.

맥주집 바깥에 있는 슬라이

슬라이   제기랄, 두고 보자.

여주인   죽여도 시원찮을 이 악질 놈아!

슬라이   이런 형편없는 년 같으니! 슬라이 집안에 악질은 없어. 족보를 뒤져 봐. 우리 집안은 옛날에 리처드(윌리엄) 정복왕 William Conqueror과 함께 이곳으로 건너온 명문이라고. 그러니까 잔소리 하지 마. 요컨대 세상은 될 대로 되라고 해, 제기랄!

여주인   유리잔들을 깨어 놓고도 넌 물어내지 않겠다는 거야?

슬라이   천만에. 한 푼도 못 내. 그만 줄행랑이나 치자. 내 방에 가서 푸근히 잠이나 자야겠어. *(비틀비틀 걸어 나가다가 덤불 옆에 쓰러진다.)*

여주인   내가 널 가만히 둘 거 같아? 가서 파출소 소장을 불러올 테야. *(퇴장한다.)*

슬라이   파출소 소장이든 서장이든 청장이든 뭐든지 상관없어. 난 법대로

워위크셔 Warwickshire 마을의 바턴 언 더 히스 Barton-on-the-Heath
_19세기 판화

할 테니까 말이야. 누가 놀랄 줄 알아? 제기랄. 올 테면 와보라고 해. 젠장. *(잠이 들어 코를 골기 시작한다.)*

🎺 *뿔나팔 소리. 영주와 그의 부하들이 벌판을 가로질러 오고 있다. 사냥에서 돌아오는 길이다.*

영주 이봐, 사냥꾼들, 내 사냥개들을 잘 보살펴라. 저 암컷 사냥개 메리먼 Merriman 놈은 입에서 거품을 뿜고 있군. 클로우더 Clowder 놈은 우렁차게 짖는 암컷과 함께 놓아두어라. 그런데 실버 Silver 놈은 글쎄 아까 울타리 모퉁이에서 금세 냄새를 맡아내지 않았느냐? 그 개는 이십 파운드하고도 바꿀 수 없어.

사냥꾼 1	벨먼 Belman도 그 개에 못지않아요. 완전히 놓치고만 사냥감의 냄새를 그놈이 찾아냈거든요. 오늘도 거의 다 놓칠 뻔한 걸 두 번이나 그놈이 냄새를 맡아냈어요. 정말 그놈이 더 낫다고요.
영주	바보 같은 소리 마라. 에코우 Echo란 놈만 해도 좀 더 잘 뛰기만 한다면, 밸먼의 열두 배쯤 가치가 있는 개야. 어쨌든 밥을 잘 주고, 잘 좀 보살펴라. 난 내일 또 사냥할 계획이니까. 알겠나?
사냥꾼 1	예. 잘 알았어요.

❧ 여기서 모두 슬라이를 발견한다.

영주	이건 뭐냐? 죽었나, 취해 있나? 어디, 숨은 붙어있나?
사냥꾼 2	숨은 쉬는군요. 술기운이 아니고서는 차디찬 맨바닥에 이렇게 곤

영주 : 돼지같이 나자빠져 있는 꼴 좀 봐라!
아이고, 이 짐승 같은 것!

	하게 잠이 들 수는 없지요.
영주	아이고, 이 짐승 같은 것! 돼지 같이 나자빠져 있는 꼴을 좀 봐라! 무서운 죽음의 형상인 잠도 저 낯짝에서는 그저 보기 싫고 더럽게만 보이는군. 그런데 난 이 주정뱅이에게 장난을 좀 쳐봐야겠어. 너희는 어떻게 생각하느냐? 이 녀석을 침실로 운반한 다음에 좋은 옷으로 갈아입히고, 손가락에 반지들도 끼워 주고, 머리맡에는 진수성찬을 차려놓으며, 그리고 그럴듯한 시종들도 대기시켜 놓는다면, 잠이 깬 이 거지가 자기 신분을 감쪽같이 착각하지는 않을까?
사냥꾼 1	정말이지, 그땐 착각할 수밖에 없을 거예요.
사냥꾼 2	잠이 깨면 아마 어리둥절할 테지요.
영주	달콤한 꿈에서 또는 허망한 망상에서 깨어났을 때와 같을 테지. 그러면 이 자를 옮기고 잘해 봐. 나의 가장 좋은 방으로 옮겨가라고. 그리고 방안에는 온통 음탕한 그림들을 걸어놓고, 이 더러운 머리에는 따뜻한 향수를 뿌려주고 향나무를 태워서 방안을 향기롭게 하며, 그리고 음악을 준비해 두었다가 눈을 뜨거든 미묘한 음악을 상쾌하게 들려주란 말이야. 그리고 혹시 그가 무슨 말을 하거든 빨리 대답하고, 공손하게 낮은 음성으로 "무슨 분부를 하시겠어요?" 하고 물으란 말이야. 그리고 한 사람은 장미수로 채우고 꽃들을 뿌린 은 대야를, 다른 사람은 물병을, 또 한 사람은 물수건을 각각 들고 대령했다가 "손을 시원하게 씻지 않으시겠어요?" 하고 물으란 말이야. 그리고 어떤 사람은 값진 옷을 준비하고 있다가 그에게 어떤 걸 입을지 물어 보고, 또 어떤 사람은 사냥개들과 말에 관해 얘기를 해주는가 하면 그의 부인이 그의 실성을 슬퍼하고 있다고 말해주란 말이야. 이렇게 해서 이 자가 자기를 실

성한 사람이라고 믿게 만들란 말이야. 그리고 이 자가 자기는 슬라이라고 하면 당장 이렇게 말해 주란 말이야. 그건 꿈을 꾸신 것이고 사실은 훌륭하신 영주님에 틀림이 없다고 말이야. 이런 식으로 해라. 조심해서 잘해 보란 말이야. 적당히 잘만 진행된다면 이건 참으로 굉장한 위안거리가 아니겠느냐 이 말이야.

사냥꾼 1 예. 저희는 각자 충성을 다하여 이 자가 자기를 우리가 말하는 그 사람인 줄로 착각하도록 만들겠어요.

영주 살며시 옮겨다 재우고, 그가 눈을 뜨면 너희는 각자 맡은 대로 해라. *(슬라이를 데리고 들어간다. 나팔 소리.)* 아니, 저 나팔 소리는 뭐냐? 가서 알아봐라. *(하인 한 사람이 나간다.)* 혹시 어떤 귀족이 여행을 하는 도중에 이 근처에서 좀 쉬자는 건 아닐까?

❧ 아까 그 하인이 다시 들어온다.

유랑극단의 여관 도착.

영주	이봐! 누가 왔느냐?
하인	배우들이에요. 영주님 앞에서 연극을 공연하겠다고 하는군요.
영주	이리 불러들여라.

🌼 *배우들이 등장한다.*

영주	아, 여러분, 잘 왔소.
배우들	감사합니다.
영주	오늘 밤 내 저택에서 나와 함께 머물러 주겠나?
배우 1	예. 영주님의 분부라면 그러지요.
영주	그렇게 해라. 저 사람하고는 나도 안면이 있어. 그는 언젠가 농부의 맏아들 역을 했지. 아마 그때는 귀부인을 그럴 듯하게 설득하는 장면이었을 거야. 누구 역인지 이름은 잊었지만, 그 역은 적절했어. 연기도 자연스러웠고.
배우 1	그건 소토 Soto 역을 말씀하시는 듯하군요.
영주	옳아, 그래. 그건 참 굉장했어. 그런데 너희들은 참 잘 와주었네. 사실은 내가 뭔가 심심풀이를 계획하고 있는 중인데, 너희들의 멋진 솜씨의 도움만 받는다면 한결 흥겨워질 수 있을 거야. 오늘 밤 어느 영주에게 너희들의 연극을 보여 드릴 생각인데, 다만 내가 염려하는 건, 연극이라고는 생전 처음인 그 영주의 기묘한 행동을 보고 너희들이 예절도 잊고, 우스워서 못 견디는 바람에 그분의 기분을 상하게 하지나 않을까 하는 점이야. 너희들이 웃으면 그분은 화가 날 테니까.
배우 1	염려하지 마세요. 저희들은 반드시 행동을 조심하겠어요. 그분이 천하에 둘도 없는 어릿광대라 해도 말이에요.

유랑극단 배우들 _ W. 호가트 작

영주 음, 여봐라. 이분들을 식당으로 안내해서 한 분 한 분 극진히 대접해라. 내 집에서 가능한 일이라면 하나도 부족함이 없도록 해드려라. *(하인이 배우들을 안내하여 들어간다.)* 이봐, 너는 시동 바돌러뮤 Bartholomew에게 가서 그를 귀부인 차림으로 싹 갈아입힌 다음 저 주정뱅이의 방에 데리고 가라. 그러고는 시동을 '마님, 마님' 하고 부르고, 그 아이에게 굽실대란 말이야. 그리고 그만한 보수는 있을 테니까 이렇게 하라고 그 아이에게 나의 지시를 전해라. 귀부인이 남편에게 하는 것처럼 품위 있게 주정뱅이를 대하고, 말도 고분고분하게 하며, 허리도 낮게 굽히라고 하란 말이야. "무슨 분부든지 말씀하세요. 당신의 부인으로서는 부족한 아내지만, 저는 정성과 애정을 보여 드리기 위해 이렇게 서 있겠어요." 이렇게 말하라고 해. 그리고 정답게 껴안고 키스를 하고 싶어 하며, 머리를 상대방 가슴에 파묻고 눈물을 짜내라고 해라. 글쎄 일곱 해나 가엾게도 비참한 거지꼴이 된 줄로만 여겼던 남편이 이제는 건강이 회복되어 자기로서는 참으로 기쁘다고 말하라고 해라. 그 아이가 마음대로 소나기 같은 눈물을 쏟는 여자의 재주가 없다면 묘안이 있어. 양파를 헝겊에 싸가지고 눈에 비벼대면 눈물은 나오고 말 게 아니냐? 자, 이런 일들을 너는 되도록 빨리 처리해라. 다음 지시는 다음에 곧 내리겠다. *(하인이 퇴장한다.)* 시동 아이는 그 품위나 음성이나 태도나 몸가짐 등으로 봐서 귀부인을 충분히 흉내 낼 거야. 그 아이가 주정뱅이를 남편이라고 부르는 소리를 어서 들어 보고 싶군. 그리고 또 내 부하들이 우스운 걸 참고 그 바보 같은 농부 놈에게 굽실거리는 꼴은 참으로 가관이 아니겠는가! 안에 들어가서 주의를 주어야겠어. 내가 참석한다면 너무 흥겨워하다가 일을 그르치는 경우는 설마 없을 테지. *(모두 퇴장한다.)*

서막 2장

영주의 저택.

❦ 호화로운 침실. 잠옷을 입은 슬라이가 의자에 기대어 자고 있다. 그 주위에 시종들이 의복을, 또는 대야와 물병을, 또는 그 밖의 물건들을 들고 서 있다. 여기에 영주가 등장한다.

슬라이	*(잠이 덜 깬 얼굴로)* 제발 맥주나 한 병 줘.
하인 1	대감님, 백포도주를 한 잔 드릴까요?
하인 2	각하, 설탕 조림 과일을 드시지 않겠어요?
하인 3	각하, 오늘은 어떤 옷을 입으시겠어요?
슬라이	난 크리스토퍼 슬라이야. 나를 대감이니 각하니 하고 부르지 말라니까. 백포도주 따위는 생전 마셔 보지도 못했어. 설탕 조림 과일을 주려면 쇠고기 조림이나 달라고. 무슨 옷을 입겠느냐고 묻지도 마라. 내 잔등이 곧 내 겉저고리고, 내 두 다리가 곧 양말이며, 신발은 발이고, 아니, 발이 신발이거든. 그래, 글쎄, 이렇게 발가락이 신발 가죽 밖으로 삐져나와 있잖아.

하인1 : 대감님, 백포도주를 한 잔 드릴까요?

영주	아이고! 하늘은 우리 대감님의 이 까닭 모를 병환을 속히 낫게 해 주십시오! 그토록 훌륭한 혈통과 그토록 많은 재산을 구비하신, 그토록 귀하신 분이 이렇게 흉악한 악령에 사로잡히시다니!
슬라이	아니, 당신들은 생사람인 나를 미치게 할 작정인 거요? 내가 버튼히드 Burtonheath에 사는 늙은 슬라이의 아들 크리스토퍼 슬라이가 아니란 말인가요? 원래는 행상(行商)이었는데 양털을 빗질하는 철제 솔 공장에 취직했다가 곰 지기로 바꿔치고, 그것도 그만두고 지금은 땜장이 노릇을 하고 있는 슬라이가 아니란 말인가요? 윈커트 Wincot 술집의 저 뚱뚱보 여주인 매리언 해케트 Marian Hacket에게 가서 나를 아느냐고 물어 보라고요. 내 외상 술값이 십사 펜스 밀려 있는데, 그런 일이 없다고 그 여자가 잡아뗀다면 나야말로 그리스도교 나라에서는 제일가는 거짓말쟁이지요.

🌸 *하인이 맥주를 가지고 등장한다.*

슬라이	내가 미치다니! 천만에! 그 증거로 말이야. *(하인이 내민 맥주잔을 받아서 마신다.)*
하인 3	아, 이러시니까 안주인께서 슬퍼하고 계시지요.
하인 2	이러시기 때문에 하인들도 근심하고 있어요.
영주	이러시기 때문에 일가친척들도 대감님의 광증을 두려워하여 겁을 먹고 대감 댁과는 발을 끊은 거라고요. 아, 대감님. 당신 가문을 생각해서라도 이미 몰아냈던 과거의 마음은 도로 불러들이며 현재의 이 비참한 악몽은 몰아내 버리세요. 보세요. 이렇게 하인들이 곁에서 대감님의 분부를 기다리고 서 있지 않아요? 음악은 어떻겠어요? 음악의 신 아폴로 Apollo가 연주하는 음악을 들어 보

세요. *(음악이 연주된다.)* 그리고 소쩍새들도 스무 마리나 새장에서 노래를 하고 있어요. 아니, 졸리신가요? 이부자리를 깔아 드릴까요? 저 앗시리아 Assyria의 세미러미스 Semiramis 여왕을 위해 마련되었다는 음탕한 잠자리보다 더 푹신하고 달콤한 잠자리를 우린 마련하겠어요. 산보하시겠다면, 우린 땅바닥에 꽃을 뿌려 놓겠어요. 아니면, 승마를 하시겠어요? 황금과 진주로 꾸민 마구를 채워서 말들을 대기시켜 놓겠어요. 매사냥은 어떠세요? 아침의 종달새보다도 더 높이 솟아오르는 매들이 준비되어 있지요. 또는 사냥은 어떠세요? 사냥개들이 짖어대는 소리가 하늘 높이 울리는가 하면 움푹 꺼진 대지로부터는 날카로운 메아리가 반사하지 않겠어요?

하인 1 각하께서 달려가라고 하신다면, 사냥개들은 수사슴처럼 숨도 안 쉬고 쏜살같이 달릴 거예요. 날쌔기로는 노루도 어림없지요.

다프네를 추격하는 아폴로 _ 도메니키노 작

하인 2	그림은 어떠세요? 지금 당장이라도 내오겠어요. 물살이 빠른 개울가에 미소년 아도니스 Adonis가 서 있고, 사초 덤불 속에는 아름다운 여신 시데리어 Cytherea가 누워 있으며, 이 여신의 입김에 요염하게 움직이는 사초들은 마치 바람에 산들거리는 듯 보이는 그림 말이에요.
영주	다른 그림도 보여 드리겠어요. 숫처녀 이오 Io가 주피터 Jupiter 신에게 몰래 습격당하는 그 광경이 생생하게 그려진 그림 말이에요.
하인 2	또는 요정 다프니 Daphne가 아폴로 신에게 쫓길 때 찔레 밭을 헤매다가 다리가 긁히고 피가 나올 지경이어서 아폴로마저 슬퍼하고, 그래서 그 그림에서 피와 눈물이 뚝뚝 떨어질 것만 같이 잘 그려진 그림은 어떠세요?
영주	대감님, 대감님은 정말로 저희들의 대감님이세요. 대감님께는 이 말세에 다시 없이 아름다운 부인이 계시지요.
하인 1	대감님 때문에 흘리신 눈물이 밉살스런 홍수같이 그 아름다운 얼굴에서 흘러내리기 전에는 천하의 미인이셨어요. 아니, 지금도 그 누구보다 못지않으시지요.
슬라이	내가 대감이고, 또한 내게 그런 부인이 있었던가? 아니면, 이건 꿈결이 아닐까? 아니, 난 지금까지 꿈을 꾸고 있었던 게 아닐까? 확실히 잠결은 아니야. 음, 내 눈은 보이고, 내 귀는 들리며, 나는 말을 하고 있어. 나는 좋은 냄새도 맡고 손으로 만져 봐도 보드랍게 느끼지. 정말로 나는 땜장이 크리스토퍼 슬라이가 아니라 대감이란 말인가? 그렇다면 나의 부인을 당장 모셔 와라. 그리고 맥주도 한 병 더 가져오고 말이야.
하인 2	*(대야를 내밀며)* 대감님, 손을 씻으세요. *(슬라이가 손을 씻는다.)*

	아, 대감님께서 제정신을 회복하시고, 신분을 다시 알아보시니 저희들은 참으로 기쁘네요. 각하께서는 지난 열다섯 해 동안 꿈속에 계시다가 마치 잠에서 깨어나시듯 이제 눈을 뜨셨어요.
슬라이	열다섯 해 동안이나! 제기랄, 많이도 잤군. 하지만 그 동안 내가 아무 말도 하지 않았던가?
하인 1	아, 대감님, 겨우 헛소리밖에는 하시지 않았어요. 이렇게 훌륭한 방에 누워 계시는데도 대문 밖으로 쫓겨났다고 하시면서 술집 여주인을 야단치셨거든요. 그리고 마개를 따지 않은 두 홉들이 통조림 병을 가져오라고 했는데 여주인이 돌 주전자를 가져왔다고 하시면서 그 여자를 고발하겠다고 말하는가 하면, 또는 이따금 시실리 해케트 Cicely Hacket라는 이름을 입에 담으셨지요.
슬라이	아, 그건 그 술집의 여자야.
하인 3	아니예요. 대감님께선 그런 술집이나 그런 여자를 아실 리가 없어요. 그리고 스티븐 슬라이 Stephen Sly라든가 그리스 마을의 존 내프스 John Naps 영감이라든가, 피터 터프 Peter Turph, 헨리 핌퍼넬 Henry Pimpernell이라든가, 그밖에 이십여 명의 이름을 입에 담으셨지만, 그런 사람들은 이곳에 있지도 않았고 아무도 그들을 만나본 적이 없지요.
슬라이	그렇다면 모든 것이 하느님 덕분이야. 참으로 감사해야 마땅할 일이로구나!
모두	아멘!
슬라이	다들 고마워요. 여러분의 기원이 헛되지 않게 하겠어요.

🍇 *부인으로 변장한 시동이 시종을 거느리고 등장한다. 그 중의 한 시종이 슬라이에게 맥주를 권한다.*

시동	대감님, 좀 어떠세요?
슬라이	아, 좋아, 좋다고. 이제는 여간 기운이 나지 않는군. 그런데 내 마누라는 어디 있어?
시동	여기 있어요, 대감님. 무슨 용무라도 있으세요?
슬라이	당신이 내 마누라라고? 그러면 왜 남편을 여보라고 부르지 않지? 내 부하들은 나에게 대감님, 대감님이라고 해도 좋아. 하지만 난 당신의 남편이잖아.
시동	제 남편이 저의 대감님이고 저의 대감님이 제 남편이지요. 전 당신의 아내로서 뭐든지 당신 뜻대로 하겠어요.
슬라이	잘 알았어. 그럼 나는 당신을 어떻게 부를까?
영주	부인이라고 부르세요.
슬라이	앨리스 Alice 부인인가, 조운 Joan 부인인가?

영주	그냥 부인이라고만 부르세요. 대감들은 자기 부인을 다 그렇게 불러요.
슬라이	여보, 부인! 듣자하니 내가 열다섯 해 이상이나 잠을 자며 꿈을 꾸고 있었다는데 그게 정말이야?
시동	네, 그게 제게는 삼십 년이나 되는 것만 같아요. 그동안 저는 내내 독수공방이었어요.
슬라이	그거 참 안 됐군, 그래. 여봐라, 하인들은 모두 물러가고 우리 두 사람만 있게 해라. *(하인들이 물러선다.)* 부인, 자, 옷을 벗어요. 그리고 잠자리로 들어가 보자고.
시동	귀하고도 귀하신 대감님, 제가 간청해요. 제발 한 두 밤만 참아 주세요. 그것조차 안 되시겠다면 해가 질 때까지 만이라도. 의사들 말이 동침은 대감님의 병환을 다시 유발시킬 우려가 있으니까 삼가라고 했거든요. 이만하면 제 변명을 이해해 주실 거예요.
슬라이	아, 그게 일어서서 난 잠시도 참을 수가 없어. 하지만 또 다시 그런 악몽 속에 떨어지는 건 싫어. 그러니까 참기로 하지. 피와 살이 뛰기는 하지만 말이야.

✤ *하인 한 사람이 들어온다.*

하인 1	대감님의 전속 극단이 대감님께서 쾌유하셨다는 소식을 전해 듣고는 희극을 상연할 작정으로 문안드리려고 와 있어요. 의사 선생님들도 대단히 좋다고 찬성이지요. 심한 슬픔이 피를 굳어지게 했고 우울증이 실성의 보금자리이니 만큼, 대감께서 연극을 보시고 흥겨운 일에 마음을 돌리신다면, 수많은 해악도 미리 방지되고 수명도 연장하실 수 있다고 하네요.

슬라이	음, 그럼 착수해 보라고. 그런데 그 희극인가 뭔가는 크리스마스 춤인가, 아니면 곡예사의 묘기인가?
시동	아녜요, 대감님. 그건 훨씬 더 재미있는 거예요.
슬라이	아니, 그럼 살림살이 도구 같은 건가?
시동	그건 옛날 얘기 같은 거예요.
슬라이	음, 어쨌든 구경해 보자. 자, 부인, 내 곁에 와서 앉아. 우리가 두 번 다시 이처럼 젊어 볼 수야 있겠어?

❧ 시동이 슬라이 곁에 앉는다. 나팔 소리. '말괄량이 길들이기' 연극이 시작된다.

패튜어의 광장.

🌸 바프티스타와 호텐쇼의 집과 다른 집들이 광장을 둘러싸고 있다. 광장에는 나무들이 서 있고 벤치가 놓여 있다. 루센쇼와 그의 하인 트래니오가 등장한다.

루센쇼	이봐, 트래니오, 난 문화의 요람지인 이 아름다운 패튜어를 꼭 한 번 구경하고 싶었는데 이탈리아의 낙원인 이 기름진 롬바르디 Lombardy 평야에 이제 이르렀어. 더구나 아버지의 호의와 승낙 아래 너처럼 믿음직한 하인과 동행하니 모든 일이 다 잘만 되어 가는군. 자, 여기서 좀 쉬자. 그리고 나서 서서히 학문과 문화의 길을 찾기로 하자. 점잖은 시민들로 이름난 피사 Pisa에서 태어났고, 천하를 주름잡는 대상인 벤티보울리 Ventivolii 가문의 거상 빈센쇼를 아버지로 모시며, 플로렌스 Florence에서 교육을 받은 내가 아니냐? 그러니 세상의 기대에 어긋나지 않게 하기 위해서는 그만한 행운을 그만한 인격으로 장식해야 할 게 아니냐? 그러니까, 이봐, 지금 내가 배우고 싶은 건 미덕인데, 이 분야의 철학을 몸에 지니고 나면 행복에 도달할 길도 미덕으로 말미암아 자연히 알게 될 게 아니냐 말이야. 그래, 네 생각은 어떠냐? 내가 피사를 버리고 패튜어에 온 건 말하자면 얕은 웅덩이 물을 떠나 깊은 못에 몸을 담그고 흐뭇하게 갈증을 없애고 싶은 마음에서 그런 거라고.
트래니오	예, 주인님. 저는 뭐든지 주인님과 같은 마음이고 참으로 기뻐요. 다디단 학문의 단물을 빨아 드시겠다는 그 결심은 제발 그대로 유지하세요. 그런데 주인님, 도덕이니 수양이니 하는 것만 숭상하시다가 저 금욕주의자인지 돌대가리인지 하는 건 제발 되지 마세요. 엄격한 아리스토텔레스 Aristoteles의 말만 듣고 계시다가 달콤한 오비드 Ovid를 내던져버리시면 안 되니까요. 친구 사이의 대화는 논리학의 공부로 삼으시고 보통 대화도 수사학의 연습으로 삼으세요. 그리고 기분을 되살리기 위해서는 음악이나 시가 좋고, 수학이니 형이상학이니 하는 건 입맛이 당길 때 해보셔도 좋아요. 흥미가 없는 곳에는 소득도 없는 법이거든요. 한 마디로 주인님이

제일 하고 싶으신 공부를 하시라고요.

루센쇼   고마워, 트래니오. 네 말이 옳고말고. 그런데 비온델로 Biondello 의 도착만 이렇게 늦어지지 않았다면, 우린 숙소를 정하고 지금 패튜어에서 얻을 수 있는 친구들을 당장 초청하여 대접할 수 있을 게 아니냐? 하지만 가만 있자. 저 사람들은 누구냐?

트래니오   주인님, 저분들은 우리를 마중 나온 행렬 같아요.

🎭 *문이 열리고 바프티스타가 두 딸 캐터리너와 비안카를 데리고 등장한다. 늙은 어릿광대 그레미오, 그리고 호텐쇼가 그 뒤에 등장한다. 두 사람은 비안카의 구혼자다. 루센쇼와 트래니오 는 나무 사이로 비켜선다.*

바프티스타   이젠 제발 나에게 그만 졸라대라고요. 내가 단단히 결심했다는 건 당신들도 알고 있거든. 글쎄, 큰 딸의 신랑을 정하기 전에는 작은 딸을 시집보낼 수가 없단 말이야. 만일 두 분 가운데 캐터리너를

	사랑하는 사람이 있다면, 그야 두 분은 나하고 잘 아는 사이인데다가 나의 호의를 받고 계시니까, 사양하지 말고 제발 그 애와 직접 담판해 보세요.
그레미오	*(방백)* 담판이 아니라 재판을 해야 할 판이지. 큰 딸은 내 힘으로 다룰 수 없거든. *(호텐쇼에게)* 그런데 이봐요, 호텐쇼, 당신이야 어떤 아내든 상관하지 않을 테지?
캐터리너	아버지, 그래, 저를 이런 녀석들 앞에서 웃음거리로 만드시려는 건가요?
호텐쇼	'녀석들' 이라니! 이 처녀가! 그래, 그게 무슨 소리야? 좀 더 처녀답게 점잖게 굴지 않는다면 당신의 남편이 될 녀석은 아무도 없어요, 없어.
캐터리너	누가 그런 걱정을 해 달래요? 난 결혼할 생각이 조금도 없다고요. 하지만 만약에 결혼을 하는 날에는 정말이지 세 발 의자를 빗으로 삼아 당신의 머리카락을 빗어 주고 얼굴에는 피를 칠해서 광대 취급이나 해줄 거예요.
호텐쇼	아이고 하느님, 이런 악마 같은 것에서 제발 저를 구출해 주십시오!
그레미오	제발 저도!
트래니오	*(방백)* 쉿, 주인님! 이건 여간 대단한 구경거리가 아니군요. 저 계집애는 완전히 미쳤거나, 아니면 굉장한 말괄량이인 것 같거든요.
루센쇼	그런데 말이 없는 다른 쪽은 아주 처녀답게 얌전하고 온순해. 쉿, 트래니오!
트래니오	정말 그래요. 그럼 묵묵히 실컷 바라보세요.
바프티스타	그럼 내가 한 말을 두 분에게 곧 실천해 보이지요. 그런데 비안카, 넌 안으로 들어가 있어라. 하지만 언짢게 생각해서는 안 돼. 내가

	너를 사랑하는 마음에는 변함이 없으니까. *(비안카의 머리를 쓰다듬는다.)*
캐터리너	아이고, 귀염둥이로구나! 손가락을 눈에 대고 울어라, 얘. 너도 이제 머지않아 그만한 까닭을 알게 된다면 말이야.
비안카	언니는 내가 잘못되면 시원할 거야. 아버지, 전 아버지의 분부대로 하겠어요. 책과 악기를 친구 삼아 혼자 읽고 연습하겠어요.
루센쇼	*(방백)* 저거 봐라, 트래니오! 미네르바 Minerva 여신이 입을 열지 않느냐?
호텐쇼	바프티스타 씨, 그건 너무 하잖아요? 저희들의 호의가 도리어 비안카에게 슬픔의 씨가 되다니 참으로 섭섭하다고요.
그레미오	바프티스타 씨, 그래, 이런 지옥의 마녀 때문에 작은 딸을 가두어 놓고 마녀의 독설의 벌을 동생이 받게 할 작정인가요?
바프티스타	어쨌든 두 분은 양해해 줘요. 난 이미 결심했다고요. 비안카, 안으로 들어가라. *(비안카가 퇴장한다.)* 글쎄, 저 애는 무엇보다도 음악과 악기와 시를 좋아해요. 난 미숙한 저 애를 가르칠 가정교사를 둘 생각이지요. 그러니 호텐쇼, 그레미오, 당신들 가운데 누구든지 적절한 인물을 안다면 추천해 줘요. 난 재주 있는 분 같으면 대우를 매우 잘 해줄 테고 자녀들의 교육에는 돈 같은 건 아끼지 않을 작정이거든요. 그럼 나중에 또 봅시다. 얘, 캐터리너, 넌 여기 더 있어도 좋아. 난 비안카에게 가봐야겠어. *(퇴장한다.)*
캐터리너	어머나! 나도 들어가 볼 테야. 내가 왜 못 들어가 보겠어? 그래, 내가 일일이 지시를 받아서 행동해야만 하나? 내가 마음대로 오고 가고 하는 것도 모른다는 건가? 홍! *(홱 돌아선다.)*
그레미오	악마의 어미에게나 가봐. 당신의 인품이 그렇게 알뜰해서야 여기 어느 누가 붙잡겠어? *(캐터리너는 안으로 달려 들어가서 문을 딱*

말괄량이 길들이기/1막 1장 _ 37

　　　　　　닫는다.) 이봐요, 호텐쇼, 저 사람들 사이에 사랑은 별로 없는 것 같군요. 그래도 우리는 손가락 끝을 후후 불기나 하고 아무것도 먹지 못해도 참아 봅시다. 지금 형편으로는 밥이 설었거든. 설었단 말이오. 그럼 안녕히 계세요. 하지만 난 사랑스런 비안카를 생각하여, 그 애가 즐거워하도록 어떻게 해서든지 적절한 가정교사를 찾아내 가지고 그 애 아버지에게 추천할 거요.

호텐쇼　그레미오 씨, 나도 그렇게 할 생각이지요. 그런데 당신과 좀 상의할 말이 있어요. 우리는 서로 경쟁하는 입장이라서 오늘날까지 의논이라고는 하지 않았지만, 이렇게 되고 보면 생각을 좀 달리해봐야겠어요. 우리가 저 아가씨에게 다시 접근하여 그녀의 사랑을 다투는 행복한 경쟁자가 되려면, 한 가지 특별한 일을 마련해야 할 것만 같아요.

그레미오　그게 도대체 뭐요?

호텐쇼　그야 언니의 남편을 구해 주는 일이지요.

그레미오　남편이라니! 악마 말인가요?

호텐쇼　아니, 남편 말이오.

그레미오　아니, 악마라고요. 호텐쇼, 글쎄 생각을 좀 해봐요. 여자의 아버지가 아무리 부자라 해도 지옥으로 장가갈 쓸개 빠진 사내가 어디 있겠냐 말이오?

호텐쇼　저런, 저런, 그레미오! 당신이나 나는 저 계집애의 호통을 쉽게 참아내지 못해요. 하지만 세상에는 호인도 있으니까, 그런 사람을 만날 수만 있다면 저 계집애는 아무리 결점이 많다 해도 지참금이 두둑하니 시집가게 될 거란 말이지요.

그레미오　글쎄요. 하지만 나 같으면 그런 지참금을 받느니 차라리 아침마다 네거리에서 매를 맞는 편이 더 나을 거요.

호텐쇼	하기야 당신의 말대로 썩은 사과를 고를 사람은 별로 없을 테지요. 그렇지만 자, 우린 이렇게 같은 운명에 놓이고 보니 서로 친구가 될 수밖에는 없어요. 그러니 당분간 서로 협력하여 바프티스타의 큰 딸에게 남편을 구해 주고 작은 딸도 자유로 결혼할 수 있도록 해줍시다. 그리고 나서 경쟁하자고요. 아름다운 비안카! 당신을 얻어 가는 남자는 행복하다! 제일 빨리 뛰어가는 사람이 결혼반지를 차지한다. 자, 어때요, 그레미오 씨?
그레미오	난 찬성해요. 누구든지 저 큰 딸에게 구애를 시작한 다음 그녀를 완전히 설복하고 결혼해서 침실로 데리고 가주기만 한다면, 그래서 친정집에서 몰아내 주기만 한다면, 나는 그 사람에게 패튜어에서 제일 좋은 말을 선물로 줄 거요. 자, 갑시다. *(두 사람이 퇴장한다.)*
트래니오	아이고, 주인님, 그게 정말인가요? 그렇게 갑자기 사랑에 사로잡히시다니!
루센쇼	아, 트래니오, 지금까지만 해도 설마 그런 일은 절대로 있을 것 같지가 않았어. 그런데 부질없이 바라보고 서있는 동안에 알고 보니 나는 그만 사랑의 광중에 빠지고 말았지. 이렇게 되고 보면 네게 솔직히 고백하겠어. 카르타고 Carthago의 여왕 다이도 Dido는 동생 애너 Anna에게 비밀을 고백했다지만, 너와 나는 그보다도 더한 사이가 아니냐? 그러니 트래니오, 내가 저 얌전한 처녀를 얻지 못한다면 내 가슴은 불타고 수척해져서 끝내 나는 죽고 말 거야. 이봐, 트래니오, 어떻게 하면 좋겠느냐? 너 같으면 그만한 일은 할 수 있을 게 아니냐?
트래니오	주인님, 이제는 주인님을 책망할 단계는 아닌 것 같군요. 연애감정이란 책망을 받는다고 해서 가슴에서 떠나지는 않거든요. 연애

감정에 일단 사로잡히면 다른 방법이 없어요. 글쎄 라틴어 속담도 있잖아요. '보석금은 되도록 적게 지불하고 석방이 되라' 고 말이에요.

루센쇼 얘, 고마워. 자, 어서 본론을 말해 봐. 네 충고는 그럴듯하니까 다음 말도 나의 위안이 될 것 같아.

트래니오 주인님은 저 처녀만 넋을 잃고 바라보셨으니까 아마 문제의 핵심은 미처 못 보셨을 거예요.

루센쇼 아, 그래. 그녀의 아름다운 얼굴은 애지노 Agenor의 딸 유럽파 Europa나 마찬가지였어. 조우브 신이 소로 둔갑하여 크레타 Crete 해안에 이르렀을 때 공손히 무릎을 꿇고 그녀의 손에 키스를 청했다는 그 유럽파 말이야.

트래니오 그밖에는 보지 못하셨나요? 언니가 떠들고 고래고래 소리를 지르며, 도저히 사람 귀로는 듣지 못할 소동을 일으킨 건 못 보셨나요?

루센쇼 음, 봤어. 그녀의 산호 같은 입술이 달싹거리고 그 입김으로는 주위에 향기를 풍기고는 했지. 내가 그녀에게서 본 건 모두 거룩하고 감미로웠어.

트래니오 *(방백)* 아니, 이렇다면 꿈결에서 좀 깨워 드려야겠군. *(루센쇼에게)* 주인님, 정신 차리세요. 그렇게도 저 아가씨를 사랑하신다면 지혜를 짜내서 손에 넣을 궁리를 하셔야지요. 현재의 사태는 이래요. 저 아가씨의 언니는 이만저만한 말괄량이가 아니라서 아버지가 그녀를 먼저 치워 버리지 않는 한 주인님이 사모하시는 여자는 처녀로 집에 틀어박혀 있어야만 하지요. 구혼자가 귀찮게 굴지 못하도록 아버지가 딸을 꼭 가두어 둘 테니까요.

루센쇼 아, 트래니오, 참으로 지독한 아버지도 다 있구나! 그러나 이봐, 넌 듣지 못했어? 이 딸애를 교육하기 위해 좋은 가정교사를 물색 중

	이라고 하지 않았어?
트래니오	저도 들었어요. 그런데 마침 좋은 계획이 있어요.
루센쇼	나도 그래, 트래니오.
트래니오	그렇다면 우리 두 사람의 계획은 틀림없이 똑같은 것이겠지요.
루센쇼	너의 계획부터 들어 보자.
트래니오	주인님이 가정교사가 되셔서 저 아가씨의 교육을 맡는 거라고요. 그런데 주인님의 계획은 뭐지요?
루센쇼	나도 똑같아. 그런데 잘 될까?
트래니오	좀 어려울 것 같아요. 글쎄, 주인님의 역할은 누가 하지요? 빈센쇼의 아들로서 여기 패튜어에 머물러 있으면서 셋집을 얻는가 하면 책을 읽고 친구들을 접대하는 이런 역할은 도대체 누가 하겠어요?
루센쇼	문제없어. 염려하지 마라. 난 마침 좋은 생각이 났거든. 누가 하인이고 누가 주인인지는 우리 얼굴을 보고 분간할 사람이 없어. 그러니까 이렇게 하자. 트래니오, 네가 나의 주인이 되어서 내 대신 집도 얻고, 주인 행세를 하고, 하인도 거느리는 거야. 나는 다른 곳에서 온 사람처럼 위장할 테야. 플로렌스 사람이나 나폴리 사람, 또는 피사의 미천한 사람처럼 말이야. 이제 계획은 섰으니 실행에 옮기자. 그러니 자, 트래니오, 빨리 네 옷을 벗고, 나의 화려한 모자를 쓰고 외투를 입어라. 나는 비온델로가 도착하면 너의 하인 역할을 하도록 하겠어. 그러나 그 전에 먼저 그 녀석을 속여서 입을 닥치게 만들어야겠어.
트래니오	주인님은 그럴 수밖에 없지요. *(두 사람이 옷을 바꾸어 입는다.)* 어쨌든 주인님이 정 그러시다면 저도 복종할 수밖에는 없지요. 우리가 떠날 때 주인님의 아버님께서도 제게 거듭 당부하시면서 "내 아들에게 잘해라"고 말씀하셨거든요. 하기야 설마 이런 의미

	에서 하신 말씀은 아니었을 테지만. 하여간 소중한 주인님을 위해서라면 저는 기꺼이 루센쇼가 되어 드리겠어요.
루센쇼	트래니오, 그렇게 해라. 이제 이 루센쇼에게도 사랑이 눈을 떴으니 저 처녀를 얻기 위해서라면 나는 노예가 되어도 좋아. 원, 처녀를 보자마자 느닷없이 내 눈이 상처나고 사로잡히다니. *(비온델로가 들어온다.)* 저 녀석이 오는군. 얘, 넌 어디 가 있었냐?
비온델로	어디 가 있었냐고 하다니요! 아니, 원, 도대체 이게 웬일이지요? 아니, 이거 트래니오 자식이 우리 주인님의 옷을 훔쳐 입었나요? 아니, 서로 훔쳐 입었나요? 도대체 이게 어떻게 된 영문인가요?
루센쇼	얘, 이리 와 봐. 농담하고 있을 때가 아니야. 그러니까 이 경우에 좀 맞춰 달란 말이야. 네 동료 트래니오는 지금 내 목숨을 구해내기 위해서 내 옷차림으로 나의 행세를 하고, 나는 트래니오의 옷을 입고 도주하는 거야. 글쎄, 나는 이곳에 도착한 뒤 싸움에 말려들어 사람을 죽였는데 아마도 발각이 될 거 같거든. 그러니까 내가 명령하는데, 네가 그럴듯하게 트래니오의 하인이 되어 가지고 내가 안전하게 도피할 수 있게 하란 말이야. 어때, 알겠나?
비온델로	뭐가 뭔지 알 수가 없군요.
루센쇼	넌 절대로 트래니오라고 불러선 안 돼. 이제 트래니오는 루센쇼가 되어 있으니까.
비온델로	정말 부럽군. 나도 그렇게 되어 봤으면!
트래니오	나도 정말 그렇게 되어 가지고 그 다음의 소원도 풀어 봤으면! 바프티스타 씨의 작은 딸을 얻기로 작심한 주인님이 되어 가지고 말이야. 그런데 이봐, 이건 나 때문이 아니라 주인님 때문이지만, 넌 어디를 가나 이 일이 탄로나지 않도록 조심하란 말이야. 우리가 단둘이 있을 때에는 그야 물론 나는 트래니오지. 하지만 그 밖의

	경우에는 내가 언제나 너의 주인 루센쇼다 이거야.
루센쇼	트래니오, 이제 가보자. 한 가지 더 부탁이 있어. 네가 저 구혼자들의 한 사람으로 행세해 달라는 거야. 그 이유는 묻지 마라. 하지만 안심해. 나쁜 일은 아니거든. 깊은 까닭이 있어서 그러는 거야. *(모두 퇴장한다.)*

❧ *서막의 인물들이 상단에서 이야기를 한다.*

하인 1	대감께서는 졸고 계시는데 연극이 마음에 들지 않으신 모양이군요.
슬라이	*(잠을 깨며)* 아냐, 천만에. 여간 걸작이 아닌 걸? 다음에 또 뭐가 있느냐?
시동	대감, 이제 겨우 시작인 걸요.
슬라이	여보, 부인 마누라, 이거 참 대단한 걸작이야. 제기랄, 빨리 끝나주었으면 좋겠어! *(모두 자리에 앉고 다시 연극이 시작된다.)*

1막 2장

패튜어의 광장.

🌿 페트루치오와 그의 하인 그루미오가 등장하여 호텐쇼의 집 문 앞으로 다가온다.

페트루치오   난 베로나를 잠시 작별하고 이렇게 패튜어의 친구들을 찾아왔는데 그 중에도 가장 친한 친구 호텐쇼를 만나 봐야겠어. 이게 틀림없이 그의 집이야. 얘, 그루미오. 자, 두드려 봐라.

그루미오   두드리다니요! 제가 누구를 두드려야 하나요? 누가 주인님께 실례라도 했나요?

페트루치오	이 자식아! 여기를 쿵쿵 두드리란 말이야.
그루미오	여기를, 주인님을 두드리다니요! 그래, 제가 여기 주인님을 두드려서 뭐가 되게요?
페트루치오	이 자식 봐라. 이 문을 두드리란 말이야. 쿵쿵 두드리라니까. 머뭇거리기만 하고 있다면 내가 네 대갈통을 두드려 줄 테야.
그루미오	왜 그렇게 시비조로 나오세요? 하지만 제가 먼저 주인님을 두드린다면 무슨 봉변을 당할는지는 뻔한 일이 아니겠어요?
페트루치오	그래도 말을 안 들을 거냐? 그러면 이 자식아. 내가 너를 두드려서 소리가 나도록 만들어 주겠어. 자, '도, 레, 미' 하고 소리를 좀 내 봐. *(그루미오의 귀를 비튼다.)*
그루미오	아이고, 사람 살려! 우리 주인님이 미쳤다고요.
페트루치오	이 자식아! 어서 명령대로 두드려 봐!

🌿 *호텐쇼가 문을 열고 나온다.*

호텐쇼	이거 웬일들인가? 아니, 그루미오, 그리고 페트루치오가 아닌가! 그래, 베로나는 어떤가?
페트루치오	호텐쇼, 넌 싸움을 말리는 역할을 맡았나? 그럼 난 "참으로 잘 만났어요"라고나 말해야겠군.
호텐쇼	그럼 난 "존경하는 페트루치오 씨, 우리 집에 오신 것을 환영해요"라고 해두지. 그런데 자, 그루미오, 일어나. 일어나라고. 이 싸움은 화해하기로 하자.
그루미오	그렇게 어려운 문구들을 쓰신다 해도 난 상관하지 않겠어요. 이래도 제가 하직할 정당한 이유가 안 된단 말씀이신가요, 호텐쇼 주인님? 주인님은 저에게 실컷 쿵쿵 두드려 달라고 하셨지요. 하지

그루미오의 귀를 비트는 페트루치오
_ 케니 메도우스 작

만 하인이 어떻게 주인을 그렇게 할 수 있겠어요? 제기랄, 차라리 제가 먼저 실컷 두드려주었더라면, 이 그루미오가 이런 지독한 꼴은 당하지 않았을 텐데.

페트루치오 이런 멍텅구리 자식 같으니! 이봐, 호텐쇼, 나는 이 녀석에게 너의 집의 문을 좀 두드리라고 했는데, 이 자식이 어디 그걸 알아들어야지.

그루미오 문을 두드리라고 하셨다니요! 맙소사! 주인님은 똑똑히 이렇게 말씀하셨다고요. "이 자식아, 여기를 두드려라. 여길 두드리라니까. 쿵쿵 실컷 두드리라고." 그리고 문을 두드리라는 말씀은 이제 비로소 하시는 거잖아요?

페트루치오 이 자식아, 꺼져버려. 잠자코 대꾸나 하지 말든지.

호텐쇼 페트루치오, 참으라고. 내가 그루미오의 보증인이 되어줄 테니까. 원, 이건 주인과 하인 사이의 굉장한 싸움이야. 그루미오는 오랫

동안 너를 섬긴 쾌활하고 충직한 하인이야. 그런데 이봐, 무슨 좋은 바람이 불어서 너는 고향 베로나를 버리고 이렇게 패튜어를 찾아왔나?

페트루치오 좁은 고향에 싫증난 젊은이들을 선동하여 외국에서 팔자를 고쳐 보게 하는 그런 바람에 불려서 왔지. 그런데 호텐쇼, 사실 내 사정은 이런 거야. 우리 아버지 앤토니오 Antonio가 돌아가셨어. 그래서 난 운명에 몸을 내맡긴 채, 혹시라도 가능하다면 아내도 얻고 돈도 벌어 볼 작정이야. 지갑에는 돈을, 고향에는 유산을 가지고 있거든. 이래서 세상 구경을 하려고 이렇게 나온 거라고.

호텐쇼 페트루치오, 그렇다면 나도 솔직히 할 얘기가 있어. 못 생긴 말괄량이가 하나 있는데 네가 그 여자를 아내로 맞이하면 어떻겠어? 이런 얘기는 그리 달갑지 않을는지도 모르지만 그 여자의 집이 부잣집이라는 것만은 말해 두지. 이만저만한 부자가 아니라고. 그야 물론 나로서는 소중한 친구인 너에게 그런 여자를 권하고 싶지는 않지만 말이야.

페트루치오 이봐 호텐쇼, 우리 친구 사이에 빈말은 그만두자고. 어쨌든 이 페트루치오의 아내로서 부족하지 않을 만한 재산이 있다면, 재산은 나의 구애의 반주가 될 테니까, 그녀가 저 플로렌티어스 Florentius의 애인처럼 얼굴이 못생겼든, 백 살 먹은 무당처럼 할망구든, 아니, 소크라테스 Socrates의 아내 크산티페 Xanthippe를 뺨칠 정도로 고약하고 바가지나 긁어대는 여자든 상관없어. 그녀가 저 아드리아 해 Adriatic Sea의 파도처럼 사납게 군다 해도 나는 동요하지도 않을 테고, 나의 애정도 무디어지지는 않을 거야. 부자 마누라를 얻으려고 패튜어를 찾아온 나라고. 돈만 생긴다면야 이 패튜어는 천당이지 뭔가?

그루미오	호텐쇼 씨, 우리 주인님이 지금 하신 말씀은 정말로 본심이라고요. 돈만 생긴다면, 상대방이 꼭두각시든 난쟁이든 또는 말 쉰 두 필 몫의 질병을 혼자 짊어지고 이빨은 하나도 없는 할망구든, 우리 주인님은 자기 마누라로 삼을 거예요. 돈만 들어온다면 그야 천하태평이지요.
호텐쇼	페트루치오, 얘기가 여기까지 오고 보니 다음을 계속해야겠는데, 처음은 농담이었어. 이봐, 사실 나는 네 중매를 들고 싶은데 여자는 돈이 대단히 많아. 그리고 젊고 미인이야. 그리고 어디 내놓아도 부끄럽지 않을 만한 교육도 받았어. 그러나 한 가지 결점은, 굉장한 결점이긴 한데, 지독하게 왈패고, 사납고, 말괄량이고, 도저히 손을 댈 수 없을 정도라는 거야. 나 같으면 아무리 곤경에 빠져 있다 해도, 그리고 황금 노다지를 준다 해도 그런 여자와 결혼할 생각은 없어.
페트루치오	가만있어, 호텐쇼! 넌 황금의 위력을 모르는 거야. 그 여자의 아버지는 이름이 뭐야? 난 그것만 알면 돼. 당장 찾아가 봐야지. 그 여자가 가을철의 구름을 가르면서 우르르 쾅쾅 치는 천둥처럼 악을 쓴다 해도 난 상관없어.
호텐쇼	그녀의 아버지는 바프티스타 미놀라 Baptista Minola야. 대단한 호인이고 점잖은 신사지. 그녀의 이름은 캐터리너 미놀라 Katharina Minola인데 입이 하도 험해서 패튜어에서는 유명한 여자야.
페트루치오	나는 딸은 모르지만 그녀의 아버지하고는 안면이 있어. 그리고 그분은 돌아가신 우리 아버지와 잘 아는 사이였지. 호텐쇼, 이제 난 그녀를 만나 보기 전에는 잠을 자지 않겠어. 너에게 좀 무례한 것 같지만 나를 그 집으로 안내해 줘. 싫다면, 난 이렇게 너하고 만나

	자마자 작별할 수밖에 없어.
그루미오	제발 우리 주인님이 변덕을 부리기 전에 안내해주세요. 정말이지, 그 여자는 나만큼 주인님을 안다면, 아무리 욕을 퍼부어도 주인님이 막무가내라는 걸 깨닫게 될 거예요. 아마 그 여자가 악당이니 뭐니 하고 욕을 퍼부어 대겠지만 다 쓸데없어요. 주인님은 한 번 시작했다 하면 지독한 수단을 쓰실 거라고요. 그 여자가 대꾸라도 하는 날에는 주인님은 그 여자의 얼굴에 근사한 말을 내던져서 그 얼굴을 엉망진창으로 만들어 버릴 테지요. 그래서 그 여자는 눈이 안 보이는 고양이 꼴이 되고 말 테지요. 당신은 우리 주인님을 잘 모르시잖아요.
호텐쇼	가만히 있어, 페트루치오. 내가 반듯이 같이 가야만 해. 바프티스타의 집에는 내 보물이 맡겨져 있거든. 거기에는 정말 내 목숨보다 더 소중한 보물, 그러니까 작은 딸, 아름다운 비안카가 있단 말이야. 그런데 그녀의 아버지는 내가 접근하지 못하게 하거든. 아니, 나뿐만 아니라 나의 경쟁자가 되는 다른 구혼자들도 얼씬대지 못하게 하고 있어. 글쎄 내가 말한 그 결점들 때문에 큰 딸 캐터리너를 얻어갈 사람은 없을 거라고 아버지는 생각하고 있는 모양이야. 그래서 그 빌어먹을 캐터리너를 치우기 전에는 아무도 비안카에게 접근할 수가 없게 되어 있어.
그루미오	빌어먹을 캐터리너라니요! 처녀의 별명치고 그렇게 고약한 건 또 없군요.
호텐쇼	*(페트루치오를 한쪽으로 데리고 가서)* 그런데 페트루치오, 나를 좀 도와주지 않겠어? 점잖은 복장으로 변장한 나를 비안카를 가르칠 음악에 능숙한 가정교사로 바프티스타 노인에게 추천해 주지 않겠어? 그렇게만 해주면 난 적어도 마음대로 비안카에게 접근하

여 태연하게 사랑을 고백할 수 있을 테니까 말이야.

그루미오　이건 음모도 아무것도 아니로구나! 늙은이를 속여 먹으려고 젊은 이들이 같이 지혜를 짜내는 거라고!

　　🌼 그레미오가 광장으로 돌아온다. 그 뒤에 가정교사로 변장한 루센쇼가 들어온다. 그는 캠비오라고 이름을 바꾸었다.

그루미오　주인님, 주인님, 저기 보세요. 누가 오고 있잖아요?
호텐쇼　조용히 해, 그루미오! 저건 내 경쟁자야. 페트루치오, 이리 좀 물러서라.
그루미오　잘 생긴 젊은이로군. 게다가 멋쟁이야!

그레미오 : 그런데 그녀에게 다른 강의는 하지 말아요. 알겠지요?

그레미오	아, 좋아요. 목록은 내가 한 번 훑어보았어요. 제본을 잘 해 줘요. 그 연애 책들 말이에요. 잘해야만 해요. 그런데 그녀에게 다른 강의는 하지 말아요. 알겠지요? 나는 바프티스타 씨보다 훨씬 더 많은 사례를 할 작정이요. *(목록을 돌려주면서)* 자, 이 목록은 다시 넣어 두세요. 그리고 책에는 향수를 잔뜩 뿌려 놓으라고요. 그 책을 받을 여자는 이만저만 좋은 향기를 풍기는 여자가 아니니까. 그래, 뭐를 읽어 주기로 했지요?
루센쇼	나는 그녀에게 무엇을 읽어 주든지 나의 후원자인 당신을 변호할 거요. 그러니까 안심하라고요. 당신 자신이 그 자리에 계신 거나 마찬가지로, 아니, 그 이상으로 교묘하게 변호할 거요. 당신은 학자가 아니니까.
그레미오	아, 학문이라니, 기가 막혀!
그루미오	아, 바보 새 같으니, 기가 막혀!
페트루치오	이봐, 입 닥쳐!
호텐쇼	그루미오, 쉿! *(앞으로 나서면서)* 안녕하세요, 그레미오 씨?
그레미오	아, 잘 만났어요, 호텐쇼 씨. 지금 내가 어디를 가는 중인 줄 아세요? 물론 바프티스타 미놀라 씨 집에 가는 중이지요. 아름다운 비안카의 가정교사를 물색해 주겠다고 약속을 해놓았는데, 마침 다행히도 이 청년을 만나게 되었거든요. 학식이나 품행이나 저 처녀에게 적합하고, 시는 물론이고 그 밖의 좋은 책들을 많이 읽은 분이지요.
호텐쇼	그거 참 잘 되었군요. 그런데 나도 어떤 신사를 만났는데, 우리의 저 처녀에게 음악을 가르칠 훌륭한 가정교사를 추천해 주겠다고 했지요. 그러니까 내가 사랑하는 저 아름다운 비안카를 위해서는 나도 조금도 소홀히 하지는 않을 생각이지요.

그레미오	내가 사랑하는 비안카라는 그 말은 내가 행동으로 증명할 거요.
그루미오	*(방백)* 그건 돈지갑이 증명할 테지.
호텐쇼	이봐요, 그레미오. 지금은 우리가 사랑을 다투고 있을 때가 아닌 거 같아요. 자, 내 말을 들어봐요. 당신이 솔직히 말해준다면 나도 피차에 해롭지 않을 얘기가 좀 있지요. 여기 이분은 내가 우연히 만났는데, 우리가 이분의 요구에 응해준다면, 이분은 저 말괄량이 캐터리너에게 구혼하겠다는 거요. 그리고 지참금의 액수에 따라서는 결혼도 할 거란 말이지요.
그레미오	그렇게 말했고 또 그렇게 하겠다고요? 좋아요. 그런데 호텐쇼, 그 여자의 결점들은 이분에게 알려주었나요?
페트루치오	난 그 여자가 아주 진절머리가 나는 욕쟁이라는 걸 잘 알고 있어요. 고작 그까짓 거라면 난 조금도 상관없어요.
그레미오	아니, 정말로 전혀 상관이 없다는 건가요? 도대체 당신 고향은 어디지요?
페트루치오	베로나지요. 우리 아버지는 앤토니오인데 돌아가셨고요. 유산은 있으니까, 난 편안하게 오래오래 살고 싶지요.
그레미오	아, 그런 신분에 그런 아내는 말도 안 되지요! 그래도 당신이 입맛이 당긴다면 어쩔 수 없군요. 내가 성의껏 도와드리지요. 그런데 당신은 정말 저 살쾡이에게 구혼할 건가요?
페트루치오	그럼요.
그루미오	구혼하시고말고요. 그렇지 않다면 저는 저 살쾡이를 목을 매달아 죽일 거요.
페트루치오	그럴 생각이 없다면 내가 뭐 하러 여기까지 왔겠어요? 사소한 소리에 내 귀가 겁낼 줄 아시나요? 나는 사자가 으르렁대는 소리도 들어 본 사람이지요. 성이 나서 땀을 흘리는 곰처럼 바람에 들끓

는 파도의 소리도 들어 본 이 사람이라고요. 대지를 뒤흔드는 대포 소리, 하늘에 울려 대는 천둥소리는 내가 들어보지 못한 줄 아세요? 난투하는 전쟁터에서 병사들의 아우성이며 준마들의 울음소리며 나팔 소리도 들어 본 이 사람이라고요. 여자의 혓바닥 따위는 아무렇지도 않아요. 그까짓 게 내는 소리란 농부의 화로에서 터지는 군밤 소리의 절반도 못 되거든요. 쳇! 쳇! 애들이나 도깨비를 무서워하지요.

그루미오	우리 주인님은 원래 무서운 게 없다고요.
그레미오	아, 호텐쇼, 이분은 참 잘 오셨어요. 이분은 자신을 위해서 뿐만 아니라 우리 두 사람을 위해서도 잘 오셨지요. 안 그래요?
호텐쇼	그래서 난 이렇게 약속했지요. 이분의 구혼에 필요한 비용은 얼마가 들든 모두 우리가 부담하기로 말이에요.
그레미오	좋아요. 이분이 저 여자를 반드시 넘어뜨린다는 조건으로 말이오.
그루미오	그러면 잔치도 확실히 벌어지게 되겠군.

🍀트래니오가 주인 루센쇼로 변장하여 좋은 옷을 입고 등장하는데 비온델로를 하인으로 거느리고 있다.

트래니오	여러분, 안녕하세요? 실례지만 바프티스타 미놀라 씨의 집에 가려면 어느 길이 가장 빠른 지름길인지 가르쳐 주시겠어요?
비온델로	아름다운 자매를 두신 분의 집 말이에요. 그렇지요, 주인님?
트래니오	음, 그래, 비온델로.
그레미오	이봐요, 당신은 그 여자에게 볼일이 있다는 건 아니겠지요?
트래니오	아마도 아버지와 딸, 양쪽에 모두 볼일이 있을 거요. 그런데 당신은 무슨 관계인가요?

페트루치오   제발 그 말괄량이 쪽은 아니기를 바라는 거요.

트래니오   난 원래 말괄량이는 싫어해요. 자, 비온델로, 가보자.

루센쇼   *(방백)* 제법 잘 했어, 트래니오.

호텐쇼   이봐요, 잠깐 한마디만. 당신은 지금 말한 그 처녀에게 구혼할 작정인가요? 가부를 말해 보세요.

트래니오   내가 그렇다고 대답한다면 실례하는 게 되나요?

그레미오   천만에요. 더 이상 아무 말도 없이 물러가 준다면 말이지요.

트래니오   아니, 이봐요. 여기는 큰길이 아닌가요? 그래, 당신이 독점했다는 거요?

그레미오   어쨌든 그 처녀에 관한 한 안 되요.

트래니오   왜요? 이유를 말해 봐요.

그레미오	정 그러시다면 말해 주지요. 그 여자는 나 그레미오 씨가 사모하고 있으니까.
호텐쇼	나 호텐쇼 씨도 그 여자를 사모하고 있다고요.
트래니오	조용히들 해요! 당신들이 신사라면 내 말도 좀 들어 봐야 할 게 아닌가요? 바프티스타 씨는 점잖은 신사고 우리 아버지와는 모르는 사이가 아니지요. 그런데 그 분의 딸이 그렇게 미인이라면 구혼자는 얼마든지 나서도 상관이 없을 것이며, 나도 그중 한 사람이 될 수 있잖아요? 레다 Leda의 딸 헬렌 Helen에게는 천 명의 구혼자가 있었잖아요? 그렇다면 아름다운 비안카에게 한 명쯤 구혼자가 불어나도 상관없는 일이 아닌가요? 사실은 그렇게 될 거요. 나 루센쇼가 그 한 사람이 되어 줄 테니까. 설령 패리스 Paris가 이 자리에 나타나서 독점을 하겠다고 해도 말이에요.
그레미오	하, 이거 참! 이 사람은 입심도 좋구나!
루센쇼	가만히 내버려두세요. 머지잖아 정체를 드러내고 말 테니까.
페트루치오	호텐쇼, 도대체 뭣 때문에 이렇게 야단법석인가?
호텐쇼	그런데 실례지만 당신은 바프티스타 씨의 딸을 만나 보았나요?
트래니오	아니오. 하지만 그분이 자매를 두었는데 한쪽은 입이 사납기로 유명하며, 또 한쪽은 대단한 미인이고 얌전하다던데요?
페트루치오	그래요. 입이 험한 여자는 내 거니까 손대지 말아요.
그레미오	좋아요. 그 엄청난 일을 나는 힘센 장사 허큘리즈 Hercules에게 맡겨두겠는데, 그건 저 열두 가지 어려운 일보다 더 힘들 거요.
페트루치오	그런데 이것만은 알아두라고요. 당신이 간절히 바라는 그 작은 딸 말인데, 그녀의 아버지는 구혼자들이 전혀 얼씬도 하지 못하게 하는가 하면, 큰 딸을 치울 때까지는 아무에게도 주지 않겠다는 거요. 큰 딸이 결혼한 뒤에는 작은 딸도 자유롭게 되겠지만 지금 형

그리스로 떠나는 패리스

편으로는 도저히 그렇지 못해요.

트래니오   그렇다면 당신은 우리에게, 아니, 특히 나에게 중요한 분이로군요. 당신이 우선 돌파구를 찾아내서 언니를 손에 넣은 다음 동생을 우리에게 자유롭게 풀어놓아 준다면, 누구 손 안에 복이 떨어지든, 설마 우리는 배은망덕할 사람들은 아닐 거요.

호텐쇼   그 말은 잘했어요. 참 좋은 생각을 한 거요. 당신도 구혼자로 나선 이상 그래야지요. 우리와 마찬가지로 이분에게 보답을 해드려만 해요. 우리는 모두 저분의 혜택을 입을 사람들이니까요.

트래니오   물론 나는 은혜를 잊을 사람이 아니지요. 그 증거로 우리는 애인의 건강을 축원하는 의미에서 오늘 오후에 잔치를 열고 건배합시다.

	싸울 때는 당당하게 싸우더라도 지금은 친구로서 먹고 마시기로 합시다.
그루미오, 비온델로 호텐쇼	이건 정말 굉장한 제안이로구나! 이봐, 우리도 이제 가보자고. 물론 참으로 좋은 제안이지요. 그렇게 합시다. 이봐, 페트루치오, 너를 대접하는 일은 모두 내가 맡겠어. *(모두 퇴장한다.)*

2막 1장

바프티스타의 집 어느 방.

🌿 *매를 든 캐터리너가 비안카에게 달려든다. 비안카는 두 손이 묶인 채 벽 쪽에 웅크리고 있다.*

비안카   언니, 제발 이렇게 나를 모욕하지 말아요. 이러면 언니는 자기 자신을 모욕하는 셈이에요. 노예처럼 나를 이렇게 묶어 놓다니 말이에요. 이건 정말 너무해요. 내 손만 풀어 주면 내가 지니고 있는 싸구려 물건들은 내 손으로 떼어 버리겠어요. 아니, 입고 있는 옷도 속치마까지 언니가 하라는 대로 하겠어요. 나도 윗사람에게 해야 할 의무쯤은 잘 알고 있어요.

캐터리너   그럼 말해 봐. 너는 네 구혼자들 가운데 누구를 가장 좋아하는 거야? 거짓말하면 어림도 없어.

비안카   언니, 정말로 모든 남자들 중에서 내가 반할 남자는 아직 한 분도 만나지 못했어요.

캐터리너	이 계집애야, 거짓말하지 마. 호텐쇼를 좋아하지?
비안카	아니, 언니도! 언니가 그분에게 마음이 있다면, 난 지금 맹세하지만, 언니를 위해 주선해 줄 테니 그분과 결혼하세요.
캐터리너	아, 그렇다면 넌 부자가 더 마음에 있는 모양이구나. 그레미오에게 시집가서 호화판으로 살아 볼 속셈이구나.
비안카	그러면 그분 때문에 날 이렇게 미워하는 건가요? 아니야. 언니는 장난을 하는 거야. 이제 나도 알았지만 언니는 아까부터 계속해서 나를 놀리고 있는 거야. 언니, 제발 내 손 좀 풀어 줘요.
캐터리너	*(비안카를 때리면서)* 그러면 이렇게 때리는 것도 장난일 거야.

🎔 아버지 바프티스타가 등장한다.

바프티스타	너 이게 무슨 짓이냐? 별 꼴을 다 보겠구나! 비안카, 이리 와. 가엾게도 울고 있군, 그래. *(손을 풀어 주면서)* 너는 들어가서 바느질이나 하고 언니는 상대하지 마라. *(큰딸에게)* 얘, 넌 염치도 없냐?

바프티스타 : 너 이게 무슨 짓이냐? 별 꼴을 다 보겠구나!

	이 악마 같은 년아, 가만히 있는 동생을 왜 그렇게 못 살게 굴어? 그 애가 네게 무슨 나쁜 말이라도 했단 말이냐?
캐터리너	저 년이 아무 말도 하지 않으니까 난 더욱 화가 나요. 내가 너를 그냥 둘 줄 알아? *(비안카에게 달려든다.)*
바프티스타	*(캐터리너를 붙들면서)* 아니, 내 앞에서까지 이러기냐? 비안카, 넌 안으로 들어가. *(비안카가 퇴장한다.)*
캐터리너	아버지는 왜 날 가만히 내버려두지 못하세요? 좋아요, 알았다고요. 저 애는 아버지의 보물이니까 신랑을 얻어 주어야만 하시겠지요. 저 애 결혼식 날 나는 노처녀답게 맨발로 춤을 추어야만 하겠지요. 아버지가 저 애만 귀여워하시니까 나는 역시 노처녀답게 원숭이들이나 끌고 지옥으로나 가겠어요. 이제는 말도 하기 싫어요. 분이 풀릴 때까지 난 혼자 가서 울고 싶겠어요. *(뛰쳐나간다.)*
바프티스타	점잖은 신분에 내가 이 무슨 팔자냐? 아니, 누가 오고 있지?

❧ *그레미오, 교사로 분장한 루센쇼, 페트루치오, 음악 교사 리치오로 변장한 호텐쇼, 루센쇼로 가장한 트래니오, 류트와 책을 든 비온델로가 등장한다.*

그레미오   안녕하세요, 바프티스타 씨?
바프티스타   안녕하세요, 그레미오? *(인사를 한다.)* 아, 여러분, 잘 오셨어요.
페트루치오   아, 안녕하세요? 그런데 여기 캐터리너라는 저 예쁘고 얌전한 따님이 있다지요?
바프티스타   예, 내 딸은 캐터리너라고 해요.
그레미오   당신은 너무 퉁명스러워요. 좀 더 점잖게 얘기하라고요.
페트루치오   그레미오 씨, 참견하지 말고 날 내버려둬요. *(바프티스타에게)* 난 베로나에 사는 신사지요. 그런데 듣자하니 당신 따님은 미인이며 재주가 있고, 게다가 상냥하고 수줍어하고 얌전하다고 하더군요. *(바프티스타가 당황해 한다.)* 경탄할 만한 마음씨며 온순한 거동이며, 귀에 익은 그 소문이 사실인지 내 눈으로 확인하고 싶어서 이렇게 실례를 무릅쓰고 나는 여기 찾아왔지요. 그런데 초면인사 대신에 이분을 소개하지요. *(호텐쇼를 소개한다.)* 음악과 수학에 능숙한 분인데, 따님도 소질이 있다니까 충분히 지도해 줄 수 있을 거요. 나를 무시 않으신다면 이분을 채용해 주세요. 이분의 이름은 리치오 Licio며 맨튜어 출신이지요.
바프티스타   아, 잘 오셨어요. 그리고 당신의 호의라면 이분도 잘 오셨어요. 하지만 내 딸 캐터리너로 말하자면, 사실 당신도 당해내지 못할 거요. 그게 나로서는 더욱 통탄할 노릇이지요.
페트루치오   그러면 따님을 결혼시키기 싫다는 말씀이시군요. 아니면, 내가 싫으시든가.

바프티스타	내 말을 오해는 하지 말아요. 나는 사실대로 말한 것뿐이니까. 그런데 어디서 왔지요? 성함은 뭐요?
페트루치오	내 이름은 페트루치오고 앤토니오의 아들이지요. 저의 아버지는 이탈리아 천지에서 모르는 사람이 없어요.
바프티스타	나도 그분을 잘 알아요. 그분 때문에 당신을 다시금 환영해요.
그레미오	이봐요, 페트루치오, 당신은 그만 지껄이고 이 가엾은 구혼자들에게도 말할 기회를 좀 줘요. 교대하자 이거요! 당신은 굉장한 수다쟁이라고요.
페트루치오	아, 그레미오, 미안해요. 사실 난 쇠뿔도 단김에 뺄 작정이었거든요.
그레미오	그야 그럴 테지요. 하지만 지금 구혼한 걸 나중에 후회하게 될 거요. *(바프티스타에게)* 바프티스타 씨, 이분의 추천은 틀림없이 대단히 고마운 선물이 될 거요. 그런데 나로 말하자면 평소에 당신의 신세를 그 누구보다 많이 지고 있는 처지니까, 나도 똑같은 성의를 충심으로 보여 드리지요. *(루센쇼를 소개하면서)* 이 젊은 선생은 프랑스의 랭스 Rheims에서 오랫동안 공부했는데, 저쪽이 음악과 수학에 능통하듯이 이분은 그리스어, 라틴어, 그 밖의 여러 외국어에 능통하지요. 이름은 캠비오 Cambio라고 하는데, 자, 부디 채용해 주세요.
바프티스타	뭐라고 감사해야 좋을는지요, 그레미오 씨. 잘 오셨어요, 캠비오 씨. *(트래니오에게)* 그런데 나는 당신과 초면인 듯한데, 실례지만 오신 용건을 말씀해 주시겠어요?
트래니오	인사가 늦어서 미안하군요. 나는 이 도시에 처음 왔지만 당신의 저 아름답고 얌전한 딸 비앙카에게 구혼하러 온 사람이지요. 큰딸을 먼저 출가시키겠다는 당신의 굳은 결심을 나도 모르지는 않

아요. 그런데 내가 청하고 싶은 것은, 먼저 저의 가문을 밝히게 해 주신 다음 저를 구혼자들 가운데 한 사람으로 대우하여 다른 사람들과 마찬가지로 자유로운 접근과 호의를 허락해 달라는 거지요. 그래서 우선 당신 딸들의 교육을 위해 이렇게 하찮은 악기, 그리고 그리스어와 라틴어 책들의 작은 꾸러미를 가지고 왔지요. 받아주신다면 *(비온델로가 앞으로 나와서 류트와 서적을 내민다.)* 그만한 가치가 있는 물건들이지요.

바프티스타   루센쇼라고 했지요? 그래, 고향은 어딘가요?
트래니오   피사 Pisa지요. 저의 아버님 성함은 빈센쇼 Vincentio고요.
바프티스타   피사의 막강한 집안 출신이군요. 나도 소문으로 잘 알고 있어요. 참으로 잘 오셨어요. *(호텐쇼에게)* 그러면 당신은 류트를 들고, *(루센쇼에게)* 당신은 책을 들고, 자, 딸들에게 가보세요. 이봐, 안에 누구 없느냐? *(하인이 등장한다.)* 자, 이 두 분을 아가씨들이 있는 곳으로 안내해 드려라. 그리고 이분들은 가정교사들이니 실례

페트루치오 : 음악과 수학에 능숙한 분인데, 따님도 소질이 있다니까 충분히 지도해 줄 수 있을 거요.
_ 셰익스피어 시대의 판화

	되는 일이 없도록 하라고 전해라. *(호텐쇼, 루센쇼, 하인이 퇴장한다. 비온델로가 뒤따라 퇴장한다.)* 우리는 정원을 좀 산책합시다. 그런 다음에 식사를 합시다. 모두 다 잘 오셨어요. 그리고 제발 너무 서두르지는 말아요.
페트루치오	바프티스타 씨, 난 바쁜 몸이라서 날마다 구혼하러 올 수는 없어요. 당신은 우리 아버님을 잘 아신다니까, 그러시다면 내가 어떤 인물인지도 짐작이 가실 거예요. 토지고 재산이고 모조리 상속을 받았는데, 나의 세대에 이르러서는 예전보다 오히려 형편이 훨씬 더 좋아졌지요. 그런데 이젠 당신의 말을 좀 들어 봐야겠군요. 내가 당신 딸의 사랑을 얻게 되는 경우에 지참금은 얼마쯤 주실 생각이신지요?
바프티스타	내가 죽으면 토지는 절반을, 그리고 재산은 이만 크라운을 물려 줄 생각이지요.
페트루치오	그만한 지참금이라면, 그녀가 과부가 되는 경우, 즉 내가 먼저 죽는 경우에는 나의 토지와 모든 종류의 계약권리를 전부 그녀에게 양도할 테요. 자, 그러면 세목을 작성하여 피차 계약을 이행할 수 있게 해둡시다.
바프티스타	좋아요. 다만 첫째 조건은 당신이 내 딸의 사랑을 얻는 거요. 문제의 핵심은 오직 거기에 있거든요.
페트루치오	그까짓 건 문제가 없어요. 장인어른, 당신 딸이 아무리 고집이 세다 해도 나의 성미는 당해내지 못할 테니까요. 타오르는 불길이 두 줄기가 만나면 땔감들을 순식간에 다 태워버리고 재만 남기는 법이지요. 그리고 작은 불길은 작은 바람에는 커지지만 굉장한 질풍에는 꺼져 버리고 마는 법이지요. 그런데 내가 그 질풍이라면 당신 딸은 작은 불길이지요. 나한테는 못 당해요. 난 워낙 우악스

피사의 모습 _ 19세기 판화

러워서 어린애 같이 구애하지는 않아요.

바프티스타 잘 설득해서 부디 성공하세요! 하지만 각오만은 해두세요. 혹시 욕을 볼는지도 모르니까.

페트루치오 물론 나는 각오가 되어 있어요. 바람 앞에 태산이랄까요, 끄떡도 하지 않아요. 바람이 끊임없이 불어 닥친다 해도 말이에요.

❧ 호텐쇼가 얼굴이 창백해져서 되돌아온다. 호텐쇼는 머리에 상처를 입고 있다.

바프티스타 아니, 웬일인가요? 왜 그렇게 얼굴이 창백한 거요?
호텐쇼 내 얼굴이 창백하다면 그건 정말 공포 때문이지요.
바프티스타 그건 그렇고, 어때요? 내 딸이 음악에 소질이 있는 것 같은가요?
호텐쇼 차라리 군인이 될 소질이 있을 것 같군요. 쇠붙이라면 따님 손에

|바프티스타|알맞을지 몰라도 류트는 도저히 그렇지가 않아요.
아니, 그러면 그 애 마음을 도저히 류트에 처넣진 못하겠단 말인가요?|
|---|---|
|호텐쇼|처넣다니요? 오히려 당신 딸이 류트를 내 머리통에 처넣었다고요. 글쎄 손가락을 잘못 짚기에 나는 그녀의 손목을 붙잡고 가르쳐 주려고 했을 뿐인데, 그 순간 그녀가 악마처럼 화를 내면서 "잘못 짚는다고? 그건 내가 가르쳐주지" 하고는 대뜸 악기로 내 머리통을 탁 내려치니 내 머리통은 악기를 뚫고 솟아버렸어요. 나는 한참 멍하니 서 있었는데, 류트를 목에 찬 꼴은 마치 칼에 채인 죄수 꼴이었다고요. 그러는 동안 그녀는 나에게 엉터리 악사니 코맹맹이니 놈팡이니 하며 온갖 욕설을 미리 연구라도 해둔 것처럼 마구 퍼부었지요.|
|페트루치오|원, 세상에! 참으로 씩씩한 아가씨로군요. 나에게는 그녀가 이제 예전보다 열 배나 더 귀여워졌어요. 아, 빨리 그녀와 이야기해보고 싶구나!|
|바프티스타|*(호텐쇼에게)* 자, 나하고 같이 들어가 봅시다. 그렇게 비관하지 말아요. 이제는 작은 딸을 부탁해요. 그 애는 공부할 의향도 있을 뿐만 아니라 수고에 대해 보답할 줄도 알아요. 자, 페트루치오 씨, 당신도 같이 갈 거요? 아니면 큰 딸 케이트를 이리 보낼까요?|
|페트루치오|이리 보내 주세요. 난 여기서 기다리겠어요. *(모두 퇴장하고 혼자 남는다.)* 이제 그녀가 나오면 난 맹렬하게 설득할 테야. 욕을 퍼부으면 난 그녀가 소쩍새처럼 달콤하게 노래한다고 태연하게 말해 줄 거야. 얼굴을 찌푸린다면 난 그녀가 이슬에 젖은 아침 장미처럼 맑은 얼굴이라고 말해 줘야지. 입을 다물고 한마디도 없다면 그 웅변이 참으로 심금을 울릴 지경이라고 말해줄 테야. 꺼져버리|

라고 한다면 오히려 일주일 머물러 있으려고 한 것처럼 고맙다고 대꾸해줘야지. 결혼을 거절한다면 교회에 결혼 예고는 언제 하겠는지, 결혼식은 언제 올리겠는지 물어봐야겠어. 그런데 드디어 오는군. 당장 말을 걸어 보자.

🌸 캐터리너가 등장한다.

페트루치오	아, 케이트 Kate, 안녕하세요? 난 당신 이름이 그렇다고 들었어요.
캐터리너	잘도 들었군요. 하지만 당신은 귀가 좀 먹은 모양이군요. 사람들은 나를 정식으로 캐터리너 Katherine라고 부르거든요.
페트루치오	그건 새빨간 거짓말이라고요. 사람들은 모두 당신을 케이트라고 부르니까. 어떤 때는 억척스러운 케이트라고 부르고 또 어떤 때는 말괄량이라고 부르지요. 하지만 케이트, 그리스도교 세상에서 최고의 미인 케이트, 여왕이 묵어가는 케이트 홀 Kate Hall의 케이트, 과자처럼 먹고 싶은 케이트, 내 말을 좀 들어봐요. 내 마음의

위안이 되는 케이트, 당신은 상냥하다고 가는 곳마다 칭찬이 자자한가하면, 얌전하고 예쁘다는 소문이 온 세상에 퍼져 있어요. 그러나 그 소문도 실물에 비하면 문제가 되지 않을 정도라더군요. 그 말을 듣고 나는 당신을 아내로 맞이하려고 이렇게 움직여서 찾아왔지요.

캐터리너 움직였다니요! 흥! 그렇다면 그렇게 움직여서온 두 발로 다시 돌아가 주세요. 얼핏 보고도 알았지만 당신은 참으로 움직이기 쉬운 것 같으니까요.

페트루치오 아니, 움직이기 쉬운 것이라니요?

캐터리너 접었다 폈다 할 수 있는 걸상 같은 거지요.

페트루치오 그 말 참 잘했어요. 그러면 이리 와서 나를 걸터앉아요.

캐터리너 당나귀에나 걸터앉는 법이에요. 당신은 바로 그런 건가요?

페트루치오 여자에게나 걸터앉는 법이지요. 당신이 바로 그런 거야.

캐터리너 그렇다 친다 해도 난 당신처럼 금방 지쳐 빠지진 않아요.

페트루치오 아이고, 착한 케이트! 나도 당신에게 그렇게 못 견디게 걸터앉지는 않을 거야. 글쎄, 당신은 젊고 가벼우니까.

캐터리너 하기야 당신 같은 시골뜨기가 걸터앉기에는 너무 가볍고말고요. 이래봬도 난 어지간히 무게가 있는 여자라고요.

페트루치오 무게가 있다고? 무게가 있다니! 허 허!

캐터리너 그럼 잡아 봐요. 바보같이 말이에요.

페트루치오 아이고, 느림보 산비둘기 같은 것 좀 봐! 바보같이 잡아 보라고?

캐터리너 날 산비둘기 같다고? 산비둘기가 바보를 잡을 거야.

페트루치오 저런, 저런, 당신은 말벌같이 지독하게 화가 났군.

캐터리너 내가 말벌이라면 침이 있으니 조심해요.

페트루치오 난 그 침을 뽑는 수단이 있어.

캐터리너	흥, 그 침이 어디 있는 줄도 모르는 주제에.
페트루치오	그걸 모르는 사람이 어디 있어? 아래에 있지.
캐터리너	미안하지만 혀에 있는 걸.
페트루치오	누구 혀에 있다는 거야?
캐터리너	당신 혀에 있지 어디 있겠어요? 아까부터 남의 말꼬리만 물고 늘어지고 있군요. 제발 썩 꺼져 버려요.
페트루치오	아니! 내 혀를 당신의 꼬리에다? 안될 말이지. *(여자를 팔로 감아 안는다.)* 이리와요, 착한 케이트. 난 신사야.
캐터리너	그럼 맛 좀 봐야 알겠군요. *(페트루치오의 뺨을 때린다.)*
페트루치오	한 대만 더 때려 봐라. 그러면 내가 때려 줄 테니까.
캐터리너	그래, 팔이 들먹들먹하는가 보군요. 나를 때리기만 해봐요. 당신은 신사가 아닐 테니까. 신사가 아니라면 명예인들 지니고 있을라고.
페트루치오	가문의 문장(紋章)을 두고 하는 말인가요, 케이트? 아, 그럼 내 문장도 당신의 장부에 기록해 줘요.
캐터리너	그건 어떻게 생겼지요? 닭의 볏 모양의 광대 모자처럼 생겼나요?
페트루치오	당신은 볏이 없는 닭, 글쎄, 내 암탉이 될 거야.
캐터리너	그럼 당신은 수탉이게? 겁쟁이 수탉같이 빽빽 소리만 지르잖아.
페트루치오	아니야, 케이트. 자, 정말 그렇게 시큼한 얼굴을 하지 말라고.
캐터리너	시큼한 능금을 보면 난 언제나 이래요.
페트루치오	아니, 시큼한 능금이 여기 어디 있어? 그러니까 그런 시큼한 얼굴을 하지 말라고.
캐터리너	있어요, 있어.
페트루치오	그럼 보여줘 봐.
캐터리너	거울만 있다면 보여주겠어요.

페트루치오   아니, 그럼 내 얼굴이 그렇다 말인가?
캐터리너   잘도 알아맞히는군요. 젊으니까. *(빠져나오려고 몸부림친다.)*
페트루치오   그건 정말이야. 난 젊고말고.
캐터리너   금방 시들고 말 거야. *(손으로 상대방의 이마를 민다.)*
페트루치오   *(여자 손에 키스하면서)* 이제는 됐어.
캐터리너   *(겨우 빠져 나와서)* 뭐가 됐단 말이에요?
페트루치오   이봐, 케이트. 정말 그렇게 달아나지 말아요. *(다시 붙든다.)*
캐터리너   이러면 난 가만히 있지 않을 거예요. 썩 놔요. *(빠져 나오려고 또 몸부림을 친다.)*
페트루치오   안 돼. 못 놓겠어. 이제 보니 당신은 참으로 상냥해. 소문에는 억척스럽고 뚱하고 무뚝뚝하다는데 그건 새빨간 거짓말이야. 알고 보니 쾌활하고 명랑하며 대단히 예의 바르고, 게다가 말씨는 얌전해. 더구나 봄철의 꽃처럼 예쁘지. 불쾌한 얼굴을 할 줄 모르고 곁눈질로 남을 멸시하지도 않으며, 화난 계집애처럼 입술을 깨물지도 않고 남의 얘기를 가로막고 쾌감을 느끼는 그런 여자도 아니란 말이야. 당신은 그러기는커녕 도리어 상냥한 태도와 부드럽고 얌전한 말씨로 구혼자들을 대하지. *(여자를 놓아 주면서)* 세상 사람들은 케이트를 왜 절름발이라고 말할까? 아, 남의 욕이나 하기 좋아하는 세상을 좀 봐라! 케이트는 개암나무 가지 같이 쪽 곧고 날씬하지 않은가! 그리고 살결은 개암나무 열매 같이 윤기가 잘잘 흐르고, 맛도 그 속살 같이 싱싱하지 않은가! 어디 좀 걸어 봐. 케이트가 절룩거리다니 당치도 않을 소리야.
캐터리너   바보 같이 그러지 말고, 명령을 하고 싶다면 당신 집에나 가서 해요.
페트루치오   아, 당신의 여왕 같은 걸음걸이에 방 안이 환하군. 달의 여신 다이

아나 Diana도 숲을 이렇게 빛나게 하지는 못했을 거야. 아, 당신이 다이아나가 되고, 다이아나가 케이트가 되라고 하지. 그리고 케이트는 순결한 여자가 되고, 다이아나보고나 놀아나라고 하죠!

캐터리너	그런 능청은 어디서 다 배워 왔어요?
페트루치오	한 가지 즉흥이지요. 우리 어머니한테서 타고난 재주라고.
캐터리너	알뜰한 어머니군요! 하마터면 바보 아들을 낳을 뻔했고.
페트루치오	그래, 날 바보라고 생각하는 거요?
캐터리너	그래요. 그러니까 당신 자신을 따뜻하게 잘 간수하기나 해요.
페트루치오	그러니까 내가 당신을 이불 속에서 따뜻하게 잘 간수하겠다는 거요. 그러니까 허튼 소리 따위는 아예 집어 치우고 솔직히 얘기하겠어요. 당신 아버지도 승낙했지만 당신은 내 아내가 되어야만 하는 거요. 지참금의 액수도 합의를 봤거든. 당신이 싫든 좋든 난 당신과 결혼할 거요. 자, 케이트, 난 이제 당신의 남편이라고. 내가 당신의 미모를 보도록 해주는 저 햇빛에 걸고 맹세하지만 당신의 그 미모 때문에 나는 당신을 이렇게 좋아하고 있거든. 그러니 어쨌든 당신은 나 이외의 다른 남자와 결혼해서는 안 되는 거요. 난 당신을 길들이기 위해서 태어난 사람이기 때문이지요. 살쾡이 케이트를 집에서 기르는 고양이처럼 온순한 케이트로 길들이는 것이 나의 임무다 이거요.

🌿 *바프티스타, 그레미오, 트래니오가 들어온다.*

페트루치오	마침 당신 아버지가 이리 오는군. 절대로 거절하지는 말아요. 난 캐터리너를 기어이 아내로 맞이해야만 하니까.
바프티스타	아, 페트루치오, 그래 내 딸하고는 어느 정도 얘기가 진척됐지요?

그리셀다 Griselda(그리셀)와 그녀의 딸 _ E. 번존스 작

페트루치오 어느 정도라고요? 그거야 빤한 일이 아니겠어요? 내가 실패한다는 건 있을 수 없으니까요.

바프티스타 아니, 내 딸 캐터리너! 넌 그렇게 새침해져 있는 거냐?

캐터리너 내 딸이라고요? 그럼 말하지만 우리 아버지는 참으로 친절하게 아버지 구실을 하셨군요. 이런 반미치광이에게 나를 시집보내려고 하시다니 말이에요. 무지한 왈패, 험구장이, 떠들어대면 뭐든지 다 이루어지는 줄 아는 그런 사내자식인 줄도 모르시고.

페트루치오 장인님, 사실은 이렇지요. 장인님 자신이나 온 세상 사람들은 캐터리너에 관해 전혀 엉뚱한 소문을 퍼뜨려 놓았어요. 설령 그녀가 고집쟁이라 치더라도 그건 하나의 정책이지요. 사실은 고집쟁이가 아니라 비둘기처럼 온순한가 하면, 성미가 급하기는커녕 아침처럼 상쾌한 여자거든요. 게다가 참을성이 많기로는 저 유명한 현모양처 그리셀 Grissel에도 못지않을 것이며, 정조 관념은 저 로마

	의 열녀 루크리스 Lucrece보다 못하지는 않을 거요. 그래서 결국 우리 두 사람은 이렇게 합의를 보았지요. 이번 일요일에 결혼식을 올리기로 말이에요.
캐터리너	난 이번 일요일에 당신이 교수대에서 처형당하는 걸 먼저 보고 말겠어요.
그레미오	들었나요, 페트루치오? 우선 당신이 교수형을 당하는 거나 보고 말겠다고 하잖아요.
트래니오	이게 당신의 성공인가요? 아니, 이래서야 우리가 분담금을 어떻게 내겠어요?
페트루치오	여러분, 조용히 하세요. 난 이 여자를 선택했어요. 당사자들이 만족한다면 여러분은 왈가왈부할 게 없잖아요? 지금 우리 두 사람 사이에는 이런 약속이 되어 있어요. 남들 앞에서는 그녀가 여전히 말괄량이인 체하기로 말이에요. 사실 케이트가 나를 너무나도 사랑하고 있다고 말하면 거짓말처럼 들릴 거요. 오, 상냥한 케이트! 그녀는 내 목에 매달려서 키스에 키스를 퍼부으며, 점점 굳은 맹세를 연발하고, 마침내 어느 틈에 날 설복해 놓고 말았다 이거요. 아, 당신들은 풋내기들이라고요! 당신들은 세상을 몰라서 그렇지만, 부부끼리만 있을 때에는 아무리 병신 같은 사내도 지독한 고집쟁이 아내를 손쉽게 휘어잡아 놓고 마는 법이지요. *(느닷없이 케이트의 손목을 잡으면서)* 자, 케이트, 우리 악수해요. 그럼, 난 베니스로 가서 결혼식 날 입을 옷을 마련하겠어요. 장인께서는 피로연 준비를 해주세요. 그리고 손님들도 초청해 주세요. 내가 장담하지만 케이트는 훌륭한 신부가 될 거요.
바프티스타	글쎄, 난 뭐라고 말해야 좋을지 모르겠군. 어쨌든 당신 손을 이리 내밀어요. 신의 축복을 받으세요! 이건 약혼의 성립을 축하하는

바프티스타 : 신의 축복을 받으세요! 이건 약혼의 성립을 축하하는 나의 말이요.

나의 말이요.

그레미오, 트래니오 페트루치오
아멘! 이건 우리의 말이지요. 그리고 우리는 증인이 되지요.

장인어른, 나의 아내, 그리고 여러분, 안녕히 계세요. 난 베니스에 가봐야겠어요. 일요일은 눈앞에 닥쳐오고 있잖아요. 나는 가서 반지니 의복이니 필요한 물건들을 마련해야겠거든요! 이봐, 케이트, 키스해 주지 않겠어? 우린 일요일에 결혼하는 거야.

🍀 캐터리너를 안고 키스를 한다. 캐터리너는 남자를 떼밀어내고 달아난다. 페트루치오도 방을 나간다.

그레미오
이렇게 갑작스러운 약혼도 있을까요?

바프티스타
여러분, 난 지금 무역상인의 역할을 하듯이 성공이냐 실패냐 하는 걸 운명에 걸어 보겠어요.

트래니오
하기야 간수해 보았자 썩고 말 물건이라면 팔아서 이익을 보든지,

	아니면 최악의 경우에도 바다 속으로 사라지는 것뿐이 아니겠어요?
바프티스타	이익은 무슨 이익을 본다는 거요? 나는 그냥 가만히 가져가 주기만 하면 좋다고 빌 뿐이라고요.
그레미오	분명히 저 작자가 여자를 아주 끽소리도 못하게 해놓았는가 보군. 그런데 바프티스타 씨, 당신의 작은 딸에 관한 말이지만, 이제는 우리가 고대해 온 그 날이 온 셈이지요. 나로 말하면 당신의 이웃인 데다가 최초의 구혼자라고요.
트래니오	나로 말하더라도 말로는 표현할 수 없을 정도로, 아니, 도저히 상상도 못할 만큼 비안카를 사모하고 있지요.
그레미오	이봐요, 당신 같은 젊은이의 사모 같은 건 도저히 나하고는 비할 바가 못 되요.
트래니오	당신 같은 반백 노인의 애정은 얼음이지 뭐요?

그레미오	당신 같은 사람의 애정은 팔랑개비란 말이야. 촐랑대지 말고 물러가 있으라고. 그 나이에는 여자한테 먹히기나 할 테니까.
트래니오	하지만 당신 같은 나이라면 여자들이 먹을 생각도 않을 거요.
바프티스타	자, 조용히들 해요. 이 자리는 내가 맡겠어요. 어쨌든 승부를 지어야 할 게 아니겠어요? 그러니까 두 분 가운데 누가 내 딸에게 유산을 더 많이 줄 수 있을는지, 이것에 따라 내가 비안카를 드리기로 하지요. 자, 그레미오 씨, 당신은 내 딸에게 무엇을 줄 수 있겠어요?
그레미오	첫째, 당신도 알다시피 시내에 있는 내 집에는 접시며 금은 패물이며 그녀가 예쁜 손을 씻을 대야며 물병이며 하는 것들이 가득 쌓여 있지요. 벽걸이 천들은 모두가 타이야 Tyre 산의 천들이고 상아 상자에는 금화가 가득 들어있지요. 그리고 삼나무 옷장에는 아라스 Arras 천의 장식용 홑이불이며 값진 의복이며, 천막, 천개, 좋은 린네르, 진주를 박은 터키 방석이며, 금실로 수놓은 베니스 산의 능직이 가득 차 있고, 백랍그릇, 놋 그릇 등, 이밖에도 필요한 모든 가재도구들이 갖추어져 있어요. 그리고 농장에는 젖소 백 마리가 우리 안에서 놀고 있고, 축사 안에는 살찐 황소가 백이십 마리나 있다고요. 이밖에 무엇이든지 전부 충분히 갖추어져 있지요. 난 사실 늙었어요. 그러니까 내일이라도 내가 죽으면 내 재산은 모두 그녀가 차지하게 되지요. 물론 내가 살아 있는 동안에는 그녀를 내가 독점한다고 치고 말이지요.
트래니오	그까짓 걸로 '독점한다' 는 건 안 될 말이지요. 자, 그럼 내 말도 들어 보세요. 나는 외아들이고 상속자라고요. 만일 당신이 딸을 내 아내로 주신다면 나는 저 융성한 피사 성 안에 있는 좋은 집 서너 채를 그녀에게 주겠어요. 물론 그 집들은 어느 것 할 것 없이 모두

	패튜어에 있는 그레미오 씨의 집보다 훌륭한 집이지요. 게다가 기름진 농토에서 매년 거두어들이는 수입 이천 크라운도 그녀에게 주겠어요. 어때요, 그레미오 씨, 이제는 손을 들었나요?
그레미오	해마다 수입이 이천 크라운이라니! 내 토지는 모조리 팔아도 그 액수에는 어림도 없는데. *(목소리를 높이며)* 그러나 어쨌든 내 토지도 그녀에게 주겠어요. 게다가 지금 내 상선이 한 척 마르세이유 항구에 정박하고 있어요. 어때, 내 상선에는 당신도 할 말이 없지?
트래니오	그레미오 씨, 다들 아는 일이지만 우리 아버지의 대형 상선은 세 척 이상이나 되지요. 게다가 중형 상선이 두 척, 소형 상선이 열두 척이라고요. 이것들은 물론 그녀가 차지하게 될 거요. 앞으로 당신이 무엇을 제공할지 모르겠지만 나는 그 두 배를 약속하겠어요.
그레미오	나는 이제 전부 털어놓았으니까 더 이상 할 말이 없어요. 내 실력 이상으로 줄 수는 없는 일이니까. 그러나 좋으시다면 내 재산과 더불어 나 자신까지 그녀에게 주겠어요.
트래니오	자, 그렇다면 당신 딸은 이제 틀림없이 나의 거요. 당신은 그렇게 약속했으니까. 이제 그레미오 씨는 경쟁에서 진 거라고요.
바프티스타	나도 인정하지만 당신의 조건이 훨씬 더 낫군요. 이제 그럼 당신 아버지의 보장이 필요해요. 당신이 내 딸을 얻어도 좋다는 보장 말이에요. 그렇지 않고서는, 미안한 말이지만, 당신이 아버지보다 먼저 죽는 경우에 우리 애의 유산은 어떻게 되겠냐 이거요.
트래니오	그건 당신이 잘 모르시는 말씀이지요. 우리 아버지는 이미 늙었고 나는 이렇게 젊지 않아요?
그레미오	아니, 젊다고 반드시 나중에 죽는다는 법이 어디 있어?
바프티스타	자, 여러분, 이렇게 합시다. 오는 일요일에는 큰 딸 캐터리너가 결

혼을 하니, 그 다음 일요일에 나는 비안카를 당신에게 드리지요. 그러나 아까 말한 그 보장을 얻는다는 조건으로 말이에요. 그것이 안 된다면, 그레미오 씨에게 드리겠어요. 그럼 이만 실례하지요. 두 분에게 감사해요. *(절을 하고 퇴장한다.)*

그레미오 안녕히 가세요. 알고 보니 좋은 이웃이로군. 이제 너 따위는 겁낼 거 없어. 이봐, 젊은 사기꾼! 그래, 당신 아버지가 바보처럼 아들에게 전 재산을 주어버리고 늙어서 뒷방살이나 할 사람인 줄 알아? 쳇! 어린애 같은 수작 말아! 그래, 이탈리아의 늙은 여우가 자식한테 그렇게 만만할 줄 알아? *(퇴장한다.)*

트래니오 흥, 네 교활한 늙은 낯짝의 가죽을 벗겨 줄 테야! 내가 마구 값을 올리는 바람에 넌 무안해지고 말았지! 이것도 오직 나의 젊은 주인을 위해서야. 하지만 이젠 가짜 루센쇼가 아무래도 아버지를, 글쎄, 가짜 아버지를 마련해야 되겠어. 참으로 기묘한 얘기로군. 일반적으로는 애비가 자식을 만드는 법인데, 이 경우엔 여자를 넘어뜨리기 위해 자식이 애비를 만들 테니까. 물론 내 계획이 실패않는다면 말이야. *(퇴장한다.)*

3막 1장

바프티스타의 집, 비안카의 방.

🌸 비안카와 리치오로 변장하여 류트를 든 호텐쇼가 마주 앉아 있고, 한편 좀 떨어진 곳에 캠비오로 변장한 루센쇼가 자기 차례를 기다리고 있다. 호텐쇼는 류트를 가르치는 것을 구실삼아 비안카의 손목을 잡는다.

루센쇼	(안절부절 못하면서) 이봐요, 악사, 좀 삼가시오. 너무 대담하잖아요! 이분의 언니 캐터리너한테 그만큼 혼이 나고서도, 그래, 벌써 잊어버렸단 말인가요?
호텐쇼	하지만 이봐요, 사기꾼 같은 현학자, 이분은 미묘한 음악의 애호가라고요. 그러니 나에게 우선권을 줘요. 내가 음악에 한 시간을 사용할 테니까, 그 뒤에 당신도 그만큼의 강의를 하라고.
루센쇼	앞뒤도 모르는 이 바보 같은 사람 좀 봐. 음악이 왜 생긴 것인지 그 이유도 모를 만큼 공부도 안한 자가 말이야! 음악은 사람이 연구를 한 뒤에, 또는 고된 일을 한 뒤에 다시 생기를 얻기 위해서 있는 게 아닌가? 그러니 난 철학 강의를 할 테니까 내게 양보해요. 다음에 내가 쉬거든 당신의 그 음악을 가르치라고요.
호텐쇼	(일어서면서) 어쩌고 어째? 그렇게 버릇없이 굴어봐. 내가 가만히 안 있을 테니까.
비안카	(두 사람 사이에 가로막고 서서) 아, 두 분 선생님, 이러시면 저를 이중으로 모욕하는 셈이에요. 무엇을 선택하든 저의 자유가 아니겠어요? 난 어린 학생들처럼 선생님의 회초리는 필요 없어요. 시간표에 얽매어서 꼬박꼬박 시간을 지키는 것도 싫어요. 무엇을 배우고 싶어 하든 제 마음대로가 아니겠어요? 그러니 싸움의 뿌리를 뽑기 위해서, 자, 이리들 와서 앉으세요. 선생님은 그 동안 악기를 들고 연주나 해보세요. 조율이 다 될 무렵에는 저쪽 강의도 끝날 거예요.
호텐쇼	그러면 이쪽에서 조율이 다 되면 당신은 강의를 그만 둘 거요?
루센쇼	조율이 그리 쉽나? 어쨌든 조율이나 해놓아요.
비안카	지난번엔 어디까지 했던가요?
루센쇼	네, 여기까지 했지요.

비앙카 : 어머나! 아, 시끄러워!

>   Hic ibat Simois, hic est Sigeia tellus,
>   Hic steterat Priami regia celsa senis.
>   (여기는 시모이스 강이 흐르고 있다. 여기는 시게이아의 땅, 늙은 프라이앰의 옛 대궐은 여기 있었다. — 오비드의 라틴어 시)

비앙카   번역해 주세요.

루센쇼   'Hic ibat' 전에 말한 바와 같이, 'Simois' 내 이름은 루센쇼, 'hic est' 아버지는 피사의 빈센쇼, 'Sigeia tellus' 당신의 사랑을 얻기 위해 이렇게 변장하고, 'Hic steterat' 나중에 구혼하러 올 루센쇼는, 'Priami' 내 하인 트래니오로, 'regia' 나를 가장하고 있지만, 'celsa senis' 사실은 저 영감쟁이 눈을 속이기 위해서요.

호텐쇼   자, 이제 조율이 다 되었어요.

비앙카   그러면 들려주세요. *(호텐쇼가 연주를 해본다.)* 어머나! 아, 시끄러워!

루센쇼   구멍에 침을 뱉아 가지고 다시 조율해 봐요. *(호텐쇼가 물러선다.)*

비앙카   이번엔 제가 번역해 보겠으니 맞는가 보세요. 'Hic ibat Simois' 저는 당신을 몰라요. 'hic est Sigeia tellus' 저는 당신을 믿지 않아요. 'Hic steterat Priami' 저분에게 들리지 않도록 조심하세요, 'regia' 우쭐대지는 마세요. 'celsa senis' 그러나 낙담하지는 마세요.

호텐쇼   (돌아보면서) 이제 조율이 다 됐어요.
루센쇼   저음부가 아직 시원치 않아.
호텐쇼   저음부는 괜찮아. 시끄럽게 떠드는 자는 저능아란 말이야. (혼잣말로) 저 현학자 녀석이 맹렬히 구애를 하고 있는가 보군. 이 백과사전 같은 놈, 내가 그래 감시하지 않을 줄 알아? (두 사람 뒤로 살금살금 다가간다.)
비안카   나중에 믿게 되는지는 모르지만 지금은 믿지 않겠어요.
루센쇼   믿지 않다니요! (호텐쇼가 있는 것을 눈치채고 큰소리로) 그 까닭은 확실히 이애시디즈 Aeacides는 조부의 이름을 따서 에이잭스 Ajax라고 불렸지요.
비안카   (일어서면서) 그러면 나는 선생님의 말씀을 믿을 수밖에요. 안 믿는다면 아마 언제까지나 의심하고 기묘한 논쟁이나 하고 있어야 할 판이니까요. 그건 그렇고, 자, 이제는 리치오 Licio 선생님, (호텐쇼를 한쪽으로 데리고 가서) 선생님, 기분 나빠하지는 마세요. 이렇게 제가 두 분 선생님을 모두 유쾌하게 대한다고 해서 말이에요.
호텐쇼   (뒤돌아다보면서) 이봐요, 당신은 잠깐 나가 줬으면 좋겠어요. 내 교수는 삼부 합주로는 장단이 맞지 않으니까.
루센쇼   그렇게 격식이 엄격하단 말인가요? 좋아요. 난 기다릴 테요. (혼잣말로) 그러나 잘 감시해야지. 내가 속아 넘어갈 것 같아? 저 멋쟁이 악사 녀석이 어쩌자고 저렇게 호색적이 되는 걸까? (좀 뒤로 물러선다. 호텐쇼와 비안카가 앉는다.)
호텐쇼   자, 그럼 당신이 악기를 만지기 전에 먼저 손가락을 움직이는 법을 가르쳐 드리지요. 그럼 우선 초보부터 시작해야겠는데, 음계 말이지만, 과거의 어떠한 음악 선생이 가르친 것보다도 간단한 방법, 즉 즐겁고 요령 있고 효과적인 방법을 가르쳐 드리겠어요. 자, 이게 그건데 이렇게 아름답게 씌어 있지요.

비안카   어머나, 음계는 벌써 다 떼었는걸요?
호텐쇼   하지만 나의 음계는 좀 색다르니까 읽어 보세요.
비안카   *(읽는다.)*

     '도' 나는 모든 화음의 기초요.

     '레' 호텐쇼는 정열을 호소하지요.

     '미' 비안카여, 그를 남편으로 맞이하세요.

     '파' 전심전력으로 사랑하는 이 사람이지요.

판탈롱 _ 클로드 지요 작

'솔 레' 음부는 두 개라도 기호는 하나라고요.

'라 미' 동정해 주세요. 나는 죽을 지경이라고요.

이게 다 음계예요? 쳇! 이런 건 싫어요. 저는 구식이 좋아요. 저는 까다로운 취미가 아니라서 기묘한 새 유행 때문에 규칙을 바꾸고 싶진 않아요.

하인이 등장한다.

하인	아가씨, 아버님의 분부신데 오늘은 공부를 그만하시고 언니의 방을 좀 같이 장식해 달라고 하시는군요. 결혼식은 내일이잖아요.
비안카	그럼 두 분 선생님, 안녕히 계세요. 저는 이만 실례하겠어요. *(비안카와 하인이 퇴장한다.)*
루센쇼	그럼 나도 이만 가봐야지. 여기 더 눌러 있을 이유가 없어졌으니까. *(퇴장한다.)*
호텐쇼	하지만 난 더 머물러 있다가 저 현학자 녀석의 동정을 살펴봐야겠어. 아무래도 저 녀석의 눈치가 수상한 것 같아. 반해 있는 모양이야. 하지만 비안카, 당신이 엉터리 사기꾼한테 일일이 한눈을 팔 만큼 마음이 싸구려라면, 좋아요, 생각대로 하세요. 당신이 그렇게 들뜬 여자라는 것만 판명되면, 이 호텐쇼는 당신과 손을 끊고 다른 여자를 찾을 거요. *(퇴장한다.)*

광장.

🌸 바프티스타, 그레미오, 루센쇼로 가장한 트래니오, 캠비오로 가장한 루센쇼, 혼례복을 입은 캐터리너, 그리고 비안카, 하인들, 그밖에 군중들이 등장한다.

바프티스타 (트래니오에게) 루센쇼 씨, 오늘은 캐터리너와 페트루치오의 결혼식 날인데 사위 될 사람이 아직 깜깜 무소식이군요. 이게 무슨 창피요? 신부님이 오셔서 식을 올릴 단계에 신랑이 나타나지 않는다면 이게 무슨 웃음거리겠어요? 루센쇼 씨, 이게 우리 집안의 무슨 수치겠어요?

캐터리너 창피를 당하는 건 저 혼자뿐이에요. 저는 마음에도 없는데 억지로 결혼을 강요당했거든요. 저런 반미치광이 녀석, 성미는 급하고, 기분대로 구혼해 놓고 결혼식을 올릴 단계에 와서는 꽁무니를 빼는 녀석한테 말이에요. 그러기에 제가 말씀드렸잖아요. 저 녀석은 겉으로는 쾌활한 척 가장하고 있지만, 그 천연덕스러운 태도 속에는 독을 감추고 있는 미치광이라고요. 가는 곳마다 구혼해서 결혼식 날짜를 받아놓고, 약혼 피로연을 하고, 손님들을 초청해놓고 결혼에 대한 이의 여부를 묻는 결혼 예고도 교회에 해놓고 하지만, 정말 결혼할 생각은 눈곱만큼도 없는 녀석이란 말이에요. 두고 보세요. 이제 세상 사람들은 이 캐터리너를 손가락질하면서 이렇게 말할 거라고요. "저거 봐. 저게 미친 페트루치오의 마누라지 뭐야? 제발 그 녀석이 어서 돌아와서 결혼을 해줬으면 좋겠지만 말이야!"

트래니오   아, 진정해요, 캐터리너 양. 그리고 바프티스타 씨도 참으세요. 페트루치오가 무슨 일로 약속을 못 지키고 있는지는 모르겠지만, 그에게 악의가 없는 것만은 내가 보증해요. 보기엔 무뚝뚝한 것 같지만 사실은 참으로 총명한 분이거든요. 쾌활하면서도 참으로 착실한 분이지요.

캐터리너   나 캐터리너가 그이를 만나지 않았더라면 좋았을 거야! *(울면서 안으로 들어간다. 비안카와 신부의 들러리들도 쫓아 들어간다.)*

바프티스타   안으로 들어가라. 네가 그렇게 우는 것도 당연해. 이런 모욕을 받고서야 성자인들 어디 가만히 있겠느냐? 버릇없이 자란 너로서는 더욱 참지 못할 거야.

비온델로가 달려 들어온다.

비온델로   주인님, 주인님! 소식이 있어요. 아주 굉장히 낡은 새 소식이에요!
바프티스타   소식은 소식인데 낡은 새 소식이라니? 어떻게 그런 게 다 있어?
비온델로   지금 페트루치오가 오고 있거든요. 이게 굉장한 소식이 아닌가요?
바프티스타   그럼 다 왔단 말이냐?
비온델로   아니, 아직 멀었어요.
바프티스타   그렇다면 뭐야?
비온델로   지금 오고 있는 중이라고요.
바프티스타   그럼 언제 여기 도착하느냐?
비온델로   그건 제가 이렇게 서서 주인님을 보고 있는 바로 이곳에 그분이 나타나는 바로 그 시각이 되겠지요.

트래니오	그런데 너의 그 낡은 새 소식이란 건 뭐냐?
비온델로	그건 지금 오고 있는 페트루치오의 차림새를 말하지요. 새 모자에 헌 가죽조끼를 입고 바지는 세 번이나 뒤집어 지은 것이며, 양초들을 담았던 헌 장화는 한쪽은 죔쇠로 조여져 있고 다른 쪽은 끈으로 묶여 있다고요. 그리고 시내 무기고에서 뒤져서 꺼내 온 듯한 녹슨 헌 칼을 차고 있는데, 칼자루는 부러지고 칼집 끝의 쇠 덮개는 없으며, 칼끝은 두 갈래가 났지요. 낡은 안장은 좀이 먹고, 등자는 천하에 걸작이며, 그가 탄 말이란 엉덩이는 주저앉았는가 하면, 비창증에 걸려 등뼈까지 곪아 들고, 입천장은 헐고 전신은 퉁퉁 붓고, 발뒤꿈치에는 종기가 나고, 관절병에 절룩거리고, 황달병에다 귀 밑까지 부어 있고, 현기증에 형편이 없고, 기생충이 우글우글하고, 등은 휘청휘청하고, 어깻죽지는 금이 가고, 뒷다리는 딱 붙어 있지요. 재갈은 다 끊어져 가고, 양가죽의 굴레는 허청거릴 때마다 잡아다니는 성화에 몇 번이나 끊어져서 다시 잇고 한 것이고, 배띠는 여섯 군데나 이어댄 것이고, 그리고 낡은 벨벳으로 만든 엉덩이 줄에는 먼저 주인여자의 성명의 첫 글자가 두 자 장식용 단추같이 뚜렷하고, 더구나 이 줄은 새끼로 몇 군데 이어댄 것이지요.
바프티스타	누구와 같이 오느냐?
비온델로	아, 예, 마부와 같이 오고 있지만, 그 마부란 작자도 그 말과 같은 꼬락서니지요. 글쎄, 한쪽 다리에는 린네르 긴 양말을 끼고, 다른 한쪽 다리에는 거친 모직 바지를 끼고, 빨간색과 파란색 대님을 매고 있지요. 낡은 모자에는 깃털 대신에 묘한 장식이 마흔 가지나 달려 있고요. 귀신딱지, 글쎄, 옷을 걸친 귀신딱지라고나 할까요. 도저히 그리스도교 나라의 하인이나 신사의 마부의 꼴은 아니지요.

트래니오	어떤 묘한 기분에 그런 차림을 했을 테지요. 하기야 그분은 가끔 그런 천한 차림을 하고 나타나는 수가 있기도 해요.
바프티스타	차림새는 어떻든지 어쨌든 와주니 고맙군.
비온델로	아니에요. 아직 오지 않았어요.
바프티스타	그가 왔다고 지금 넌 말했잖아?
비온델로	누구 말씀인가요? 페트루치오가 왔다는 말씀인가요?
바프티스타	그야 페트루치오가 왔다는 말이지.
비온델로	아니에요. 저는 그분의 말이 그분을 등에 태우고 온다고 말했을 뿐이지요.
바프티스타	그건 결국 마찬가지 아니냐?
비온델로	그건 그렇지가 않아요. 일 페니 걸고 내기를 해도 좋지만, 말과 사람은 하나는 아니지요. 그래도 수가 많지는 않고요.

🌸 *페트루치오와 그루미오가 몹시 꼴사나운 차림을 하고 떠들면서 등장한다.*

페트루치오	이봐, 젊은 신사들은 어디 계신가? 안에 아무도 없나?
바프티스타	*(차갑게)* 아, 잘 왔네.
페트루치오	뭘요, 잘 왔을라고요.
바프티스타	어쨌든 어서 오게.
트래니오	하지만 내 생각 같아서는 당신이 좀 더 좋은 옷차림으로 와주었으면 싶었지요.
페트루치오	아니, 이런 차림으로 온 게 더 좋지 않아요? 그런데 케이트는 어디 있지요? 내 귀여운 신부는 어디에 있느냐고요? 장인님, 어쩐 일이세요? 원, 훌륭한 신사들이 왜 이렇게 노려보고 있지요? 마치 굉장

페트루치오 : 이봐, 젊은 신사들은 어디 계시지?
안에 아무도 없나?

한 기념비나 무슨 혜성이나 비범한 사건이 눈앞에 나타나기라도 한 것처럼 말이에요.

바프티스타 아니, 이봐, 오늘이 자네 결혼식 날이 아닌가? 조금 전까지만 해도 우리는 혹시라도 자네가 안 나타나지나 않을까 하고 걱정했지. 그런데 기왕에 온 사람이 이렇게 비참한 복장을 하고 있어서야 어디 되겠는가 말이야. 자, 그 옷은 얼른 벗어 버려. 자네 신분에 창피하고 이 엄숙한 결혼식에 꼴사나우니까!

트래니오 그런데 말해 봐요. 무슨 까닭에 신부를 이렇게까지 기다리게 해놓고, 끝내는 이렇게 당신답지 않은 차림을 하고 온 거요?

페트루치오	지루한 얘기는 그만둡시다. 들어봐도 소용없을 테니까. 어쨌든 약속대로 내가 왔으니까 불만은 없겠지요? 잠깐 어디를 좀 들렀다 오느라고 이렇게 됐지만, 나중에 틈이 나면 충분히 납득이 되도록 얘기해 드리지요. 그건 그렇고, 케이트는 어디 있지요? 너무 늦지 않았어요? 오전 시간이 마구 지나가고 있어요. 지금쯤은 교회에 가 있어야 할 시간이지요.
트래니오	아니, 그렇게 꼴사나운 복장으로 신부를 만나실 거요? 자, 내 방으로 가서 옷을 갈아입으세요. 내 옷을 빌려드릴 테니까.
페트루치오	천만에요. 난 이대로 만날 거요.
바프티스타	하지만 설마 그런 꼴로 결혼을 하자는 건 아니겠지.
페트루치오	천만에요. 이대로 하겠어요. 그러니 더 이상 말은 그만둡시다. 신부는 나하고 결혼하는 것이지, 내 의복하고 결혼하는 게 아니니까요. 이 옷을 갈아입는 일은 어렵지 않지만, 그보다는 신부의 마음의 옷을 갈아입혀주고 싶다고요. 그렇게 한다면 케이트를 위해서도 좋고, 나를 위해서도 더욱 좋을 거요. 하지만 지금 바보같이 공연히 당신들과 쓸데없는 소리를 하고 있을 때가 아니지요. 어서 신부한테 가서 아침 인사를 하고, 그 다음 사랑의 키스로 남편의 권리를 확보해 놓아야겠어요! *(뒤에 서 있는 그루미오를 데리고 서둘러 퇴장한다.)*
트래니오	저 미치광이 같은 복장에는 무슨 곡절이 있는지 모르지만, 어쨌든 교회에 가기 전에 바꾸어 입으라고 권해봅시다.
바프티스타	어쨌든 뒤쫓아가서 좀 살펴봅시다.

✤ *바프티스타, 그레미오, 그밖에 모두 퇴장하고 트래니오와 루센쇼만 남는다.*

트래니오	그런데 말이지요. 당사자의 승낙 외에도 여자의 아버지 쪽의 승낙이 필요해요. 그 승낙을 얻기 위해서는 요전에 말씀드린 대로 사람을 하나 구해야겠어요. 어느 누구라도 상관없고, 그리 어려운 일도 아니지요. 다만 우리 쪽의 목적에 들어맞게만 하면 되니까요. 글쎄 그 사람을 피사의 빈센쇼로 가장시켜 가지고 여기 나타나게 해서, 내가 약속한 액수보다 더 많은 재산을 물려준다는 의사 표시만 하게 하면 되요. 그렇게만 해두면, 주인님은 손쉽게 목적을 달성하시고, 아름다운 비안카와 결혼할 수 있게 된다고요.
루센쇼	그런데 저 동료 가정교사 놈이 비안카의 일거일동을 감시하고 있어서 탈이야. 그렇지만 않다면 차라리 둘이서 남몰래 결혼해 버리면 좋겠어. 일단 결혼만 해버리면 그 다음엔 온 세상이 아니라고 외친다 해도 난 기어코 내 것을 지켜낼 테니까.
트래니오	그 점도 두고두고 연구해서 우리 계획이 잘 되도록 해봅시다. 그런데 우선, 저는 반백의 머리인 그레미오와 빈틈없는 아버지 미놀라와, 그리고 교활하고 호색적인 음악 교사 리치오, 이 세 사람을 감쪽같이 속여 넘겨야만 하겠어요. 이것도 모두 주인님을 위해서 하는 노릇이지요.

이때 그레미오가 되돌아온다.

트래니오	아니, 그레미오 씨, 교회에서 돌아오시는 건가요?
그레미오	예, 학교에서 돌아오는 아이처럼 즐겁게 말이에요.
트래니오	신랑 신부도 돌아오나요?
그레미오	신랑이라고요? 그 녀석이 어찌나 큰 소리로 으르렁대는지 그 색시는 이제 꼼짝달싹하지 못할 거요.

트래니오	그럼 그 여자보다 한 술 더 뜬단 말인가요? 원, 그럴 리가 없어요.
그레미오	아니, 그 녀석은 악마요, 악마. 정말 마귀요.
트래니오	아니, 그 여자야말로 악마요, 악마. 악마의 어미요.
그레미오	쳇! 그 여자는 그 사내 앞에서 어린양이요, 비둘기요, 바보요. 글쎄, 루센쇼 씨, 식장에서 캐터리너를 아내로 삼겠느냐고 신부님이 묻자마자 그 작자는 어찌나 큰 소리로 "그야 물론이지요" 하고 대답했던지 신부님은 깜짝 놀라서 성서를 떨어뜨리지 않았겠어요? 그런데 신부님이 성서를 주워들려고 허리를 구부리니까, 그 미치광이 같은 신랑이 느닷없이 신부님을 때려 갈기지 않았겠어요? 그러자 신부님과 성서는 나가 떨어졌지요. 결국은 그 작자가 하는 말이 "야, 어느 놈이든지 덤빌 놈은 덤벼봐" 이렇게 소리를 질렀단 말이에요.
트래니오	그럼, 신부님이 다시 일어섰을 때 그 말괄량이는 뭐라고 하던가요?
그레미오	그저 달달 발발 떨고만 있었지요. 신부님 쪽에 실수가 있기라도 하듯이 신랑이 발을 구르고 악을 쓰고 하는 바람에 말이에요. 하지만 식이 끝나자 그 작자는 술을 내라고 하더니 "건배!" 하고 소리를 질렀는데, 마치 태풍을 겪은 뒤에 무사한 것에 대해 동료들과 배 위에서 자축이라도 하는 것과 같다고나 할까요? 글쎄, 술을 따라 꿀꺽꿀꺽 마시고는 찌꺼기를 교회지기의 얼굴에다 내던졌는데, 무슨 이유가 있어서가 아니라 교회지기의 수염이 성글고 굶주린 것 같은데다가 이쪽이 마시는 술 찌꺼기라도 먹고 싶어 하는 눈치였기 때문이라는 것이었다고요. 그것이 끝나자, 그 작자는 캐터리너의 목을 끌어안고 요란스럽게 키스를 했는데, 입술이 서로 떨어질 때 교회 안이 울려 댈 지경이었지요. 난 여기까지 보고

는 하도 창피해서 그냥 나와 버렸지만, 조금 있으면 일행이 돌아
올 거요. 난 그런 미치광이 같은 결혼은 처음 봤어요. 아, 들어보세
요! 저기 악사들이 연주하는 소리가 들리는군요.

🎵 악대를 선두로 하여 결혼식 행렬이 들어온다. 페트루치오와 캐
터리너, 그 다음에 비안카, 바프티스타, 호텐쇼, 그루미오 등이
등장한다.

페트루치오 여러분, 수고하셨어요. 여러분은 아마 오늘 나와 회식하실 생각으
로 굉장한 결혼 잔치를 마련해 놓으신 모양인데, 사실 나는 급한
볼일이 있어서 미안하지만 이제 떠나야겠다고요.

바프티스타 아니, 오늘 밤에 떠나겠다니!

페트루치오 아니, 지금 떠나야겠어요. 밤까지 기다릴 수는 없어요. 이상하게
생각하실 건 없다고요. 장인께서도 제 볼일의 내용을 아신다면 오
히려 어서 가보라고 권하실 거요. 그런데 정직한 여러분, 여러분
에게 감사해요. 여러분 덕분에 나는 세상에서 둘도 없이 참을성
있고 상냥하고 정숙한 여자를 아내로 맞게 되었으니까요. 그럼 여
러분, 회식은 제 장인어른과 함께 하시고, 나의 건강을 축복해 주
세요. 이제 그만 가봐야겠어요. 그럼 모두 안녕히 계세요.

트래니오 아니, 제발 잔치나 끝나거든 가시지요.

페트루치오 그럴 수는 없어요.

그레미오 제발 부탁해요.

페트루치오 안 돼요.

캐터리너 제발 부탁이에요.

페트루치오 아, 고마워요.

캐터리너 : 여러분, 연회장으로 들어가세요.

캐터리너	그러면 머물러 계시겠어요?
페트루치오	당신의 요청은 고마워요. 하지만 당신이 아무리 부탁한다 해도 난 그냥 머물러 있을 수는 없어요.
캐터리너	그럼 저를 사랑하신다면 가지 마세요.
페트루치오	이봐, 그루미오, 내 말을 준비해라.
그루미오	예, 주인님. 말은 준비가 끝났어요. 귀리를 실컷 먹였거든요.
캐터리너	흥, 그렇다면 당신 마음대로 하세요. 전 오늘 같이 가지 않을 테니까. 아니, 제 마음이 내키지 않는 한 내일도 가지 않을 거예요. 문은 열려 있으니까, 자, 가세요. 그 장화가 헐어 빠질 때까지 아무 데나 터벅터벅 돌아다니라고요. 제 마음이 내킬 때까지 저는 아무

	데도 가지 않을 거라고요. 처음부터 이래서야 앞으로 당신이 얼마나 뻔뻔스럽고 짓궂은 상놈의 본성을 드러내게 될지 누가 알아요?
페트루치오	이봐, 케이트, 안심해요. 그리고 그렇게 화내지도 말아요.
캐터리너	이래도 화를 내지 말라고요? 아버지, 아버진 좀 가만히 계세요. 누가 자기 마음대로 하도록 가만히 둘 줄 알고?
그레미오	아이고, 이제 드디어 시작하는군.
캐터리너	여러분, 연회장으로 들어가세요. 이제 보니 여자란 마음이 여간 꿋꿋하지 않고서는 바보 취급을 당하고 말겠어요.
페트루치오	이봐, 케이트, 그야 누구 명령이라고 모두 연회장으로 들어가지 않을 수 있겠어? 들러리들도 신부의 명령에 복종하세요. 자, 연회장 안에 들어가서 실컷 마시고 재미있게 지내세요. 그리고 신부의

페트루치오 : 이봐, 케이트, 아무 걱정 말아요.
_C. R. 라일리 작

처녀성이나 실컷 축복해 주라고요. 미치든 떠들든, 가서 목을 매든 마음대로 해요. 그러나 귀여운 내 케이트만은 내가 데리고 가야겠다 이거요. *(케터리너에게)* 이봐, 그렇게 두 발을 동동거리고 위협조로 나오지 말아요. 당신이 아무리 노려보고 안달한다 해도 내 소유물에 대해서는 내가 주인이 아니냐 말이야. 이 여자는 내 소유물이요, 동산이요, 집이요, 살림 도구요, 전답이요, 창고요, 말이요, 소요, 당나귀라고요, 어쨌든 내 거란 말이지요. 이 여자가 지금 저렇게 서 있지만, 누구든지 감히 이 여자에게 손만 대봐! 패튜어의 아무리 거만한 자라도 내 길목만 막으면 가만히 있을 내가 아니니까. 야, 그루미오, 칼을 빼. 우린 도둑들한테 포위당해 있어. 자, 너도 사내대장부라면 네 안주인을 구출해내야 할 게 아니냐? 이봐, 케이트, 아무 걱정 말아요. 당신에겐 아무도 손을 대지 못하게 할 테니까. 백만 명이 대들어도 난 당신을 반드시 방어해 낼 테니까! *(캐터리너를 안고 퇴장한다. 그루미오는 호위하는 태세로 그 뒤를 따라 퇴장한다.)*

바프티스타	아, 여러분, 내버려둡시다. 저렇게 사이가 좋은 부부잖아요.
그레미오	저들이 빨리 떠나줘서 다행이었지요. 하마터면 난 하도 우스워서 죽을 뻔했거든요.
트래니오	나 원 참! 별 미치광이 같은 결혼을 다 봤어!
루센쇼	비안카, 그래, 언니를 어떻게 생각하세요?
비안카	평소에 언니 자신이 미치광이 같으니까 저렇게 미치광이 같은 결혼이 당연하지요, 뭐.
그레미오	페트루치오와 케이트는 틀림없이 천생연분이라고요.
바프티스타	여러분, 신랑 신부의 좌석은 비어 있어도 음식은 많이 차려져 있어요. 자, 루센쇼, 당신은 신랑의 좌석에 좀 앉아 줘요. 그리고 비안카는 언니의 좌석에 앉고.
트래니오	아름다운 비안카에게 신부 연습을 시키는 건가요?
바프티스타	그렇다고 해둡시다, 루센쇼. 자, 여러분, 들어가 봅시다. *(모두 퇴장한다.)*

페트루치오의 시골 저택.

❧ 이층 복도로 통하는 계단. 커다란 난로, 그리고 탁자, 벤치, 걸상. 입구가 세 개다. 그 하나는 현관으로 통하고 있다. 그루미오가 바깥에서 들어온다. 어깨에는 눈이 쌓여 있다. 다리에는 진흙이 튀어 묻어 있다.

그루미오	(벤치에 털썩 앉으면서) 제기랄, 내가 이 무슨 팔자란 말이냐! 늙어 빠진 말들인데다가 주인 부부는 온통 발광을 하고 길도 진흙탕이니, 세상에 이렇게 지독한 꼴을 당한 사람도 있었을까? 이렇게 혼이 나고 이렇게 욕을 본 사람도 있었을까? 나보고는 먼저 가서 불을 피워 놓으라고 하고, 주인 부부는 나중에 와서 몸을 녹이겠다는 배짱이지. 나는 작은 항아리와 같아서 금방 더워져서 다행이지만, 그렇지 않다면 내 입술은 당장 얼어 이빨에 달라붙고 혀는 입천장에 얼어붙고 말았을 게 아닌가? 뱃속에서 심장도 얼어붙었을 거야. 불을 지펴서 몸을 녹일 겨를도 없이 말이야. 하지만 불을 지펴서 몸이나 녹여볼까? 이런 날씨엔 나보다 키가 큰 사람 같으면 감기에 걸리기가 십상이겠군. 이봐, 커티스!

커티스가 등장한다.

커티스	그렇게 추위에 몰려 소리치는 사람은 누구냐?
그루미오	얼음 조각이야. 내 말을 못 믿겠다면 내 어깨를 좀 짚어 보라고. 손이 금세 팔꿈치까지 미끄러져 내려가고, 어깨와 팔꿈치 사이가 머리와 모자지 사이의 거리만큼도 안 되는 것 같을 테니까 말이야. 이봐, 커티스, 불 좀 피워 줘.
커티스	주인 부부가 오시는 중인가, 그루미오?
그루미오	응, 그래. 커티스, 그렇다고. 그러니까 불을 피워. 불, 불 말이야. 아니, 물은 끼얹지 마.
커티스	그래, 안주인은 소문난 것처럼 지독한 말괄량이야?
그루미오	이번에 서리가 내리기 전까지는 그게 사실이었어. 하지만 너도 알다시피 겨울이 오면 남자고 여자고 짐승이고 모조리 풀이 죽어 버

커티스와 다투는 그루미오
_ 케니 메도우스 작

　　　　　리고 말지. 글쎄, 우리 주인과 안주인도 그렇고, 나 자신도 내 동료인 너도 그렇단 말이야.
커티스　　내가 네 동료라니, 요 세 치밖에 안 되는 바보 같으니! 내가 너와 똑같은 짐승인 줄 알아?
그루미오　아니, 내가 세 치밖에 안 된다고? 그러면 오쟁이 진 너의 그 뿔은 한 자는 된단 말이군. 그렇다면 내 키는 적어도 한 자는 될 거야. 그건 그렇고, 불을 좀 지피지 않겠어? 싫다면, 내가 안주인에게 일러바칠 테야. 그렇게만 해놓으면 안주인은 지금 눈앞에 다가오고 있는데 넌 그녀의 손에 얻어맞고, 불을 피워 놓지 않은 탓에 네 눈에서는 불이 나게 될 거야.
커티스　　(난로에 불을 지피려고 하면서) 이봐, 그루미오, 세상 돌아가는 얘기나 좀 해주겠어?

그루미오	이봐, 어디를 가보든 네가 맡은 일을 제외하면 모두 다 차디찬 세상이라고. 그러니까 빨리 불이나 지피란 말이야. 자기 할 일을 다 하면 복이 온다고 하잖아. 주인 부부는 지금 거의 얼어 죽을 지경이야.
커티스	*(일어서면서)* 자, 불은 피웠어. 그런데 이봐, 무슨 소식 없어?
그루미오	없긴 왜 없어? 네가 싫증낼 정도로 실컷 있지.
커티스	하기야 넌 못된 장난을 실컷 알고 있지.
그루미오	*(손을 불에 쬐면서)* 그러니까 몸을 좀 녹여야겠어. 난 꽁꽁 얼어 있으니까 말이야. 그런데 요리사는 어디 갔어? 저녁은 준비됐나? 집안은 치워져 있어? 돗자리도 깔아 놓고, 거미줄도 다 걷어버렸어? 하인들은 새 옷으로 갈아입었나? 흰 양말로 갈아 신었어? 다들 예복으로 갈아입었어? 남자들은 바깥을 깨끗이 하고 여자들은 안을 깨끗이 해야만 하거든. 테이블보는 깔아 놨어? 모든 준비는 다 돼 있어?

그루미오 : 거기에는 다 까닭이 있지

커티스	다 돼 있어. 그러니까 제발 소식이나 전해 달라니까.
그루미오	첫째 소식인데, 나의 말은 지쳐 빠졌고 주인 부부는 말에서 떨어져버렸다는 거야
커티스	어떻게?
그루미오	안장에서 진흙탕으로 떨어진 거야. 거기에는 다 까닭이 있지.
커티스	그 얘기를 좀 해 봐.
그루미오	네 귀를 이리 내밀어 봐.
커티스	자.
그루미오	이거야. *(커티스의 따귀를 때린다.)*
커티스	아니, 얘길 들려준다더니 귀가 이렇게 느끼게 해주는 거야?
그루미오	그러니까 누구나 느낄 수 있는 얘기란 말이야. 이렇게 네 따귀를 갈겨 놓으면, 네 귀가 정신을 차릴 게 아닌가? 자, 그럼 얘기를 시작하지. 우선 우리 일행은 진흙탕 산길을 내려오고 있었어. 주인은 안주인 뒤에 걸터타고서 말이야.
커티스	부부가 같이 말에 탔단 말인가?
그루미오	그게 어쨌다는 거야?
커티스	그야 말은 한 필이니까.
그루미오	그럼 네가 얘기해봐. 네가 내 말을 가로막지만 않았더라면, 말이 어떻게 넘어졌는지, 안주인이 어떻게 말의 밑에 깔리고 말았는지 내가 얘기해 줬을 게 아닌가? 그리고 그 곳이 얼마나 지독한 진흙탕인지, 안주인이 얼마나 진흙탕 투성이가 되었는지, 안주인을 말에 깔린 채 내버려둔 주인이 말을 넘어뜨리게 했다고 얼마나 나를 때렸는지, 안주인은 주인이 나를 때리지 못하게 막으려고 진흙탕에서 어떻게 기어 나왔는지, 내가 그걸 얘기해 줬을 게 아닌가? 주인은 욕을 퍼붓고, 생전 빌지 않던 안주인은 빌고, 나는 소리를 내

지르고, 말은 달아나고, 말의 고삐는 끊어지고, 말의 엉덩이 줄은 떨어져 나간 이야기들, 아니, 이 밖의 소중한 이야기들도 모조리 망각 속에 파묻혀 버리고 말게 될 테고, 그래서 결국 너는 그런 얘길 듣지도 못한 채 무덤으로 돌아갈 텐데, 내가 그런 얘기들을 자세히 들려 줬을 게 아닌가?

커티스 지금 얘기로 봐서는 주인 쪽이 안주인보다 한 술 더 지독한 모양이군.

그루미오 물론이지. 그야 주인이 집에 돌아오시면 너나 이 집의 아무리 거만한 하인도 알게 될 거야. 하지만 지금은 이런 얘기를 하고 있을 때가 아니야. 자, 모두 이리 불러들여. 너댄엘 Nathaniel, 조제프 Joseph, 니콜러스 Nicholas, 필립 Philip, 월터 Walter, 슈가소프 Sugarsop, 피터 Peter, 그리고 그 밖의 하인들도 모두 불러들이라고. 머리는 반질거리게 빗질하고, 파란색 코트는 솔질을 하고, 대님은 아주 잘 매야 하고, 인사는 왼쪽 다리의 무릎을 굽히면서 하고, 그리고 주인 부부의 손에 키스하기 전에는 주인의 말의 꼬리털에도 손을 대서는 안 되지. 그럼 준비는 다 됐나?

커티스 다 됐고말고.

그루미오 그럼 모두 이리 불러와.

커티스 *(부른다.)* 이봐, 내 말 들리나? 모두 이리 나와서 주인님을 맞이하고 안주인의 얼굴에 영광을 주어야만 한다고.

그루미오 안주인은 원래 자기 얼굴을 가지고 계시지.

커티스 그걸 누가 몰라?

그루미오 하지만 넌 방금 하인들에게 안주인의 얼굴에 영광을 주라고 했잖아?

커티스 그거야 하인들이 안주인을 믿게 하자는 거야.

그루미오	그러나 안주인이 여기 오셔서 하인들에게 아무것도 요구하지 않으실 것만은 확실해.

🌸 하인들 너덧 명이 등장하며 그루미오를 둘러싼다.

너댄엘	잘 돌아왔어, 그루미오.
필 립	그래 어떤가, 그루미오!
조제프	야, 그루미오!
니콜러스	이봐, 그루미오!
너댄엘	이봐, 그래 어땠어?
그루미오	아, 모두 잘 있었지? 재미가 어때? 인사는 이만 하자. 그런데 이봐, 팔팔한 동료들, 준비는 다 돼 있나? 모든 준비는 다 돼 있나?

페트루치오: 이 자식들은 다 어디 있어?
_F, 헤이먼 작

| 너댄옐 | 모든 준비가 다 돼 있고말고. 그런데 주인님은 지금 오시나? |
| 그루미오 | 이제 곧 오시지. 지금 말에서 내리는 중이야. 그러니 알겠어? 제발 입을 꽉 다물란 말이야! 이제 들어오시는 소리가 들리는군. |

🌸 이때 난폭하게 문이 열리고 페트루치오와 캐터리너가 들어온다. 두 사람이 모두 머리부터 발끝까지 온통 진흙투성이다. 페트루치오가 방 한가운데로 걸어 들어온다. 캐터리너는 거의 까무러칠 것 같으면서도 겉으로는 아무렇지도 않은 체하고 벽에 기대 서 있다.

페트루치오	이 자식들은 다 어디 있어? 아니, 문간에 마중 나와서 등자(鐙子)를 붙들고 말고삐를 잡아 주는 놈이 한 놈도 없단 말이냐? 너댄엘은 어디 있어? 그레고리와 필립은?
하인들	*(달려와서)* 모두 여기 있어요, 주인님. 여기 있다고요, 주인님.
페트루치오	여기 있어요, 주인님! 예, 모두 여기 있지요! 에잇! 이 멍텅구리 바보 자식들아! 아니, 그래, 마중도 안 나오고, 경의도 표하지 않고, 할 일도 안 하고, 그래도 좋단 말이냐? 그래, 내가 먼저 보낸 그 바보 녀석은 어디 있어?
그루미오	예, 여기 있어요. 여전히 미련한 놈이긴 하지만 말이에요.
페트루치오	이 농사꾼 시골뜨기 자식 같으니! 맥아 제조소의 망아지처럼 일이나 할 이 빌어먹을 놈 같으니! 이 망할 자식들을 모두 데리고 수렵장까지 마중을 나오라고 내가 지시하지 않았어?
그루미오	글쎄, 주인님, 너댄엘의 코트는 미처 마련되지가 않았고, 가브리엘의 구두는 뒤축이 덜 돼 있었으며, 피터의 모자에 광택을 낼 먹검정은 없었고, 월터의 단도는 칼집에서 빠지지 않았으며, 게다가 아담 Adam과 랠프 Ralph와 그레고리 Gregory 이외에는 아무도 꼴이 말이 아니었고, 모두 헌 누더기에 거지발싸개 같았거든요. 하지만 어쨌든 이렇게 모두 다 주인님을 맞이하러 나오긴 나왔다고요.
페트루치오	이 망할 놈들아, 빨리 가서 저녁상을 가져와. *(하인들이 서둘러 퇴장한다. 페트루치오가 혼자서 노래하듯이)* "어제 하던 나의 생활은 그 어디에 있는가?" 이 자식들이 다 어디로 갔어? *(문 앞에 서 있는 케이트를 알아보고)* 자, 케이트, 앉아요. 잘 와주었어. *(난롯불 곁으로 케이트를 데리고 간다.)* 이제 식사야! 식사! 식사! *(하인들이 저녁상을 가지고 들어온다.)* 아니, 뭘 지금까지 꾸물거리

고 있었어? 이봐, 케이트, 기분을 내라고. *(케이트의 곁에 앉으면서)* 이놈들아, 내 구두를 벗겨라! 이놈들아, 뭘 꾸물거리고 있는 거야? *(하인 한 사람이 구두를 벗기려고 무릎을 꿇는다. 페트루치오가 다시 노래하듯이)* "그 어떤 수도원의 늙은 신부가 길을 걸어갈 때" 이 자식아, 내 발을 비틀어서 뽑아낼 작정이냐? *(그 하인의 머리통을 때린다.)* 맛이 어때? 알았으면 이쪽은 잘 벗기란 말이야. *(양쪽 구두를 다 벗긴다.)* 이봐, 케이트, 기운을 내요. 여기 물 좀 가져 와. 이 자식아, 여기야! *(하인이 물을 가지고 들어온다. 페트루치오는 그것을 못 본 체하고)* 내 사냥개 트로일러스 Troilus는 어디 있어? 이놈아, 넌 빨리 가서 내 사촌 퍼디넌드 Ferdinand를 이리 모시고 와. *(하인 한 사람이 나간다.)* 이봐, 케이트, 그분에게 꼭 키스를 해드리고, 좀 사귀어 줘야겠어. 내 슬리퍼는 어디 있어? 도대체 물은 언제 가져오는 거야? *(하인이 또 물 대야를 내민다.)* 케이트, 이리 와서 손을 씻어요. 참 잘 와주었어. *(이렇게 말하면서 하인과 부딪쳐서 물을 쏟아지게 하면서)* 이 망할 자식 좀 봐라!

페트루치오: 빨리 가지고 나가지 못해?
접시고 컵이고 뭐든지 모조리 말이야.

케이트	넌 물을 엎어 버릴 작정이냐? *(하인을 때린다.)*
페트루치오	제발 용서해 주세요. 일부러 그런 건 아니잖았어요. 이 빌어먹을 나무망치 같은 대가리에다 늘어진 귀를 한 녀석을 좀 보라고! 자, 케이트, 앉아요. 배가 고플 테지. *(케이트가 테이블 머리에 앉는다.)* 이봐, 감사의 기도를 올려주겠어, 케이트? 아니면 내가 기도할까? 이건 뭐야? 양고기냐?
하인 1	예.
페트루치오	누가 가져왔어?
하인 1	제가 가져왔지요.
페트루치오	이건 탔어. 음식이 모조리 이 꼴이야. 이 개 같은 자식들 좀 봐! 요

페트루치오가 무대 사방에 고기를 쏟는다.

	리사 놈은 어디 있어? 그래, 네놈들은 조리대에서 이걸 꺼내 가지고 나와 내가 싫어하는 줄 뻔히 알면서도 나에게 이걸 일부러 먹일 심보야? 빨리 가지고 나가지 못해? 접시고 컵이고 뭐든지 모조리 말이야. *(하인 머리에 음식을 내던진다.)* 이 조심성 없는 미련퉁이들 같으니! 그래, 무슨 불평이 있다는 거야? 말해 봐. *(일어서서 하인들을 내쫓는다. 커티스만 남는다.)*
케이트	제발, 그렇게 화내지 마세요. 당신만 좋으시다면 그 고긴 멀쩡하잖아요.
페트루치오	이봐, 케이트, 그건 다 타서 바삭바삭해. 그런 건 입에 넣지 말라고 나는 엄격하게 금지되어 있다고. 글쎄, 그런 걸 먹으면 답답증이 생기고 화를 잘 내는 증상이 생긴다고 하거든. 그러니까 우리 둘은 모두 단식하는 편이 좋을 거야. 안 그래도 우리는 원래 화를 잘 내는 성미잖아. 그러니 그렇게 너무 탄 고기는 먹지 않는 게 좋을 거야. 그러니 참읍시다. 내일이면 어떻게 되겠지. 오늘 밤은 둘이서 단식을 합시다. 자, 그럼 신방으로 갑시다.

　　🌸 *두 사람이 계단을 올라간다. 그 뒤에 커티스가 따라 올라간다. 하인들이 발소리를 죽이고 나타난다.*

네댄옐	피터, 넌 이런 일을 전에도 봤어?
피터	독을 독으로 다스리는 셈이야.

　　🌸 *커티스가 계단을 내려온다.*

그루미오	주인님은 어디 계신가?

커티스   안주인 방에 계시네. 지금 금욕에 관해 설교하시는 중인데, 고래고래 악을 쓰고 야단치는 바람에 가엾게도 안주인은 어디 서 있어야 좋을지, 어느 쪽을 봐야 좋을지, 무슨 말을 해야 좋을지 갈피를 못 잡고 마치 꿈에서 갓 깨어난 사람처럼 멍하니 앉아 계실 뿐이야. 달아나자, 달아나. 주인님이 내려오시거든. *(모두 나가 버린다.)*

🍀 페트루치오가 계단 머리에 나타난다.

제임스 1세의 매 사냥

페트루치오   내가 이렇게 교묘하게 지배권을 장악하고 나면 좌우간 성공하고 말 게 아닌가? 나의 매는 지금 지독하게 배가 고픈 상태에 있어. 밥에 달려들 때까지는 배불리 먹이지 말아야지. 매가 배가 부르면 제대로 길들일 수 없으니까 말이야. 또 한 가지, 아무리 사나운 매라도 길들여서 주인이 부르는 대로 오게 하는 방법이 있는데, 그건 다른 게 아니라 잠을 못 자게 하는 거야. 사납게 날개만 푸드덕거리고 말을 듣지 않는 매에 대해서는 그 방법을 쓰면 되거든. 아내는 오늘 아무것도 안 먹었어. 물론 앞으로도 못 먹게 할 테야. 그리고 어젯밤은 한 잠도 자지 못했지. 물론 오늘 밤도 못 자게 해야지. 글쎄 아까 그 고기와 마찬가지로 잠자리에 관해서도 생트집을 잡아 가지고 베개는 저리, 홑이불은 이리, 시트는 저리, 모조리 내던져 버려야지. 그런데 이런 소동을 벌이는 것도 끔찍하게 아내를 생각해서 그러는 것처럼 보이자 이 말이야. 결국 긴 밤을 눈도 못 붙이게 하고, 조는 기색만 보이면 마구 떠들며 악을 써서 도무지 잠을 못 자게 해야지. 이건 친절을 베풀어서 생사람을 잡는 방법이야. 이렇게라도 해서 저 미치광이 같은 고집을 바로 잡아야겠다 이 말이야. 말괄량이를 휘어잡는 다른 더 좋은 방안이 있거든 누가 좀 나서서 가르쳐 줘요. 적선이 될 테니까요. *(휙 돌아서서 침실로 들어간다.)*

패튜어의 광장.

루센쇼와 비안카가 나무 밑에 앉아서 책을 읽고 있다. 트래니오와 호텐쇼가 광장 정면에 있는 어느 집에서 나온다.

트래니오	이봐요, 리치오, 어디 그럴 수가 있는 거요? 비안카 양이 이 루센쇼 이외의 딴 남자를 사랑하다니요? 겉보기에는 나에게 호의를 보이고 있는데 말이오.
호텐쇼	그럼 내가 한 말을 정 믿지 못하시겠다면, 이 근처에 숨어서 저 작자가 가르치는 태도를 좀 살펴보라고요. *(둘은 나무 뒤에 숨는다.)*
루센쇼	자, 아가씨, 이제 읽은 걸 이해하겠어요?
비안카	선생님은 무엇을 읽어 주셨지요? 먼저 그것부터 대답해 주세요.
루센쇼	그건 내 전문 과목인 연애기술이었지요.
비안카	그럼 더 공부해서 연애기술의 전문가가 되세요!
루센쇼	아가씨가 내 애인이 되어 준다면 그건 어렵지 않은 일이라고요!
호텐쇼	과연 우수한 학생들이로군! 이봐요, 이래도 비안카에게는 루센쇼 이외에 애인이 없다고 감히 말할 수 있겠어요?
트래니오	아, 연애란 더럽기만 하구나! 믿지 못할 건 여자야! 리치오, 이건 터무니가 없어요!
호텐쇼	나는 이제 가면은 벗겠어요. 난 리치오가 아니라고요. 음악가도 아니지요. 그건 가면이었어요. 그러니 나 같은 신사를 버리고 저런 천한 녀석을 신처럼 생각하는 계집애를 위해서 나는 이런 가면

	을 더 이상 계속 쓸 수 없어요. 사실 나는 호텐쇼라고 해요.
트래니오	호텐쇼 씨, 당신이 비안카를 몹시 사모하고 계시다는 얘기는 전부터 나도 듣고 있었어요. 그런데 내 눈으로 저 여자의 경박함을 목격한 이상, 당신이 정 그러하시다면 나도 당신과 마찬가지로 비안카를 영원히 포기하겠어요.
호텐쇼	저걸 좀 봐요. 저렇게 키스하며 사랑을 주거니 받거니 하고 있잖아요! 루센쇼 씨, 자, 우리 악수합시다. 이제 나는 굳게 맹세하지만, 앞으로 저 여자에게 절대로 구애하지 않을 것이며, 저 여자를 영영 포기하겠어요. 그럴 만한 가치가 없는 여자인 줄도 모르고 나는 오늘까지 공연히 애만 태워 온 거요.
트래니오	그렇다면 나도 진정으로 맹세를 하지요. 나는 저 여자와 절대로 결혼하지 않을 거요. 비록 저쪽에서 구혼해 온다 해도 말이에요. 쳇, 더러운 계집 같으니라고! 저 교태를 좀 보라고요!
호텐쇼	저 작자 이외에는 온 천하가 저 여자를 보는 척도 하지 말았으면! 나로 말하자면 틀림없이 맹세를 지키기 위해 사흘 안에 어느 부자 미망인과 결혼할 거요. 그 미망인은 나를 줄곧 사랑해 온 여자라고요. 내가 저 거만하고 사람을 깔보는 계집년을 사모해 온 것처럼 말이에요. 그럼 안녕히 계세요, 루센쇼 씨. 여자는 미모보다 마음씨가 더 중요해요. 이제 나는 마음씨에 애정이 끌려요. 그럼 조금 전에 내가 한 그 맹세를 굳게 가슴에 새긴 채 이만 가보겠어요. (퇴장한다. 트래니오는 두 애인 곁으로 간다.)
트래니오	비안카 양, 축하해요! 행복한 연인이란 당신을 두고 한 말인가 보군요! 두 분의 정다운 모습을 보고 나도 호텐쇼도 이제는 단념해 버렸거든요.
비안카	트래니오, 농담은 그만 둬요. 하지만 정말로 두 분이 모두 저를 단

	넘해 버리셨나요?
트래니오	예, 그래요.
루센쇼	그렇다면 우린 리치오를 치워버린 셈이로군.
트래니오	예, 그분은 어느 정력이 왕성한 미망인을 찾아가서 당장에 구혼하고 결혼식을 올리겠다고 했어요.
비안카	제발 잘 되기만 빌어요!
트래니오	물론 그분은 여자를 잘 길들일 거요.
비안카	글쎄, 그렇게 하겠다나 보군요.
트래니오	그래요. 여자를 길들이는 훈련학교에 들렀다 간다니까요.
비안카	훈련학교라니요! 아니, 그런 데가 다 있어요?
트래니오	있고말고요. 페트루치오가 그 학교의 선생인데 각종 묘수를 얼마든지 가르쳐 주지요. 말괄량이를 길들여서 여자의 독설을 꼼짝달싹 못하게 만드는 묘수 말이에요.

🌿 *비온델로가 달려 들어온다.*

비온델로	아이고, 주인님, 주인님! 저는 얼마나 오랫동안 지키고 서 있었던지 피곤해 죽을 지경이에요. 그러나 마침내 찾아냈어요. 글쎄, 천사 같은 한 늙은이가 산길을 내려오고 있는 중이지요. 이젠 됐어요.
트래니오	뭐 하는 사람인데?
비온델로	글쎄, 장사꾼인지 학교 선생인지는 잘 모르겠지만, 옷차림은 단정한데다가 걸음걸이며 인상이며 주인님의 부친과 똑 닮았다고요.
루센쇼	그런데 트래니오, 저 노인을 어떡할 작정이지?
트래니오	만일 노인이 제 말을 쉽게 곧이들어 준다면, 그분을 빈센쇼 씨로 가장시켜서, 바프티스타 미놀라에게 보장을 서주는 주인님의 부친 역할을 하도록 하겠어요. 자, 아가씨를 모시고 먼저 들어가세요. *(루센쇼와 비안카는 바프티스타의 집으로 들어간다.)*

🌸 *교사가 등장한다.*

교사	안녕하세요?
트래니오	아, 안녕하세요? 잘 오셨어요. 어디로 가시는 중이지요? 아니면, 여기까지만 오신 건가요?
교사	일단 이곳에 머물렀다가 한두 주일 뒤에는 다시 떠나 저 멀리 로마까지 갈 거요. 그리고 죽지만 않는다면 트리폴리 Tripoli까지도 가볼 작정이고.
트래니오	고향은 어디신가요?
교사	맨튜어요.
트래니오	아니, 맨튜어 Mantua에서 일부러 패튜어 Patua에 오셨단 말인가요? 그건 말도 안 돼요! 목숨이 아깝지도 않아요?
교사	목숨이라니요? 왜요? 이거, 큰 야단이 났군.

트래니오	맨튜어 사람이 패튜어에 오는 건 죽을 곳을 찾아 뛰어드는 것이나 마찬가지거든요. 왜 그런지 모르시나요? 맨튜어의 선박들은 지금 베니스에 억류당해 있어요. 맨튜어의 공작과 이곳 패튜어의 공작 사이에 뭔가 시비가 있어서 그런 모양인데, 어쨌든 패튜어의 공작이 공공연하게 그런 포고를 내렸다고요. 하기야 당신은 지금 막 오셨으니까 무리는 아니겠지만, 공작의 그 포고를 전혀 듣지 못하셨다는 건 참으로 이상하군요.
교사	맙소사! 이거 정말 큰일 났군. 게다가 나는 플로렌스 Florence에서 환어음을 가지고 왔는데 이곳에서 어떤 사람에게 전해주어야만 하거든요.
트래니오	그래요? 당신을 위해서 하는 말이지만, 그러면 이렇게 하면 어떨까요? 그런데 먼저 물어 볼 말이 있어요. 당신은 혹시 피사 Pisa에 가보신 일이 있나요?
교사	예, 피사에는 자주 가보았지요. 피사 사람들은 모두 성실해요.
트래니오	그 중에 혹시 빈센쇼라는 분을 아세요?
교사	직접은 모르지만 소문은 들었어요. 어마어마한 재산을 가진 상인이라더군요.
트래니오	사실은 그분이 제 부친이시지요. 그런데 솔직히 말해서 제 부친의 얼굴은 어딘가 당신의 얼굴과 비슷해요.
비온델로	*(방백)* 사과와 굴 조개가 비슷하다면 비슷하다고나 할까? 어쨌든 상관없는 일이야.
트래니오	이 생사의 기로에서 당신을 위해 나는 이렇게 해드리겠어요. 당신이 제 부친을 닮은 건 참으로 다행한 일이에요. 그러니까 제 부친의 이름과 신용을 가장하여 우리 집에 거리낌 없이 묵으시고 제 부친처럼 행동하세요. 아시겠어요? 이곳에서 볼일을 다 보실 때

	까지 그렇게 머무르셔도 좋아요. 이쪽 기분을 알아주신다면 제발 그대로 받아들여 주세요.
교사	예, 받아들이고말고요. 그리고 나는 평생 동안 당신을 나의 생명의 은인으로 알고 이 은혜는 잊지 않을 거요.
트래니오	그러면 나하고 같이 가서 일을 처리합시다. 그런데 이건 미리 알아 두세요. 제 부친이 오시기를 모두 기다리고 있는 중이라는 걸 말이에요. 나는 바프티스타라는 분의 딸과 결혼하기로 되어 있는데 제 부친은 그 결혼을 위해 내가 신부에게 줄 재산에 대해 보증을 서기로 되어 있어요. 그 동안의 사정은 차차 말씀드리겠어요. 어쨌든 같이 가서서 의복부터 제 부친답게 갈아입으세요. *(모두 퇴장한다.)*

페트루치오의 시골 저택.

🌿 *캐터리너와 그루미오가 등장한다.*

그루미오	안 돼요. 안 된다고요. 그런 일은 저로서는 도저히 안 돼요.
캐터리너	내가 궁지에 빠질수록 그이는 더 심해지는 것 같아. 아니, 그이는 나를 굶겨 죽이려고 나하고 결혼했나? 우리 친정 집 문간에 나타

　　　　　난 거지들도 애걸하면 무엇인가 얻어 간다고. 그 집에서 얻어 가지 못한다 해도 다른 곳에 가면 적선을 받아. 그런데 한 번도 애걸이라고는 해보지 않은 내가, 아니, 애걸할 필요조차 느껴 보지 못한 내가 배가 고파 죽을 지경이고, 게다가 한 잠도 자지 못해 머리는 어찔어찔한데, 그이는 줄곧 소리만 질러대서 내가 눈도 붙이지 못하게 해. 그러나 무엇보다도 가장 분한 것은 그이의 태도야. 그게 모두 나에 대한 애정 때문이라는 거야. 글쎄, 내가 먹거나 자는 날에는 죽을병에 걸리든가 당장 목숨을 잃고 말 것 같은 말투란 말이야. 제발 먹을 걸 좀 갖다 줘. 독만 들어있지 않다면 뭐든지 상관없어.

그루미오　　황소 다리는 어떨까요?
캐터리너　　더할 나위 없이 좋아. 제발 가져다 줘.

그루미오	그건 너무 자극적인 고기가 아닐까요? 걸쭉하게 끓인 곰국은 어떨까요?
캐터리너	그것도 좋아. 어서 좀 가져와.
그루미오	그것도 좀 자극적이 아닐까요? 쇠고기에 겨자를 바른 건 어떨까요?
캐터리너	그건 내가 좋아하는 요리야.
그루미오	하지만 겨자는 좀 매워요.
캐터리너	그러면 겨자는 빼고 쇠고기만 가져와.
그루미오	안될 말씀이지요. 겨자를 뺄 수는 없어요. 이 그루미오가 쇠고기만 가져올 수야 있겠어요?
캐터리너	그러면 양쪽 다든가, 한쪽만이든가, 그루미오, 네 마음이 내키는 대로 가져와.
그루미오	아, 그렇다면 쇠고기는 빼고 겨자만 가져오겠어요.
캐터리너	꺼져버려, 이 거짓말쟁이 같으니! *(그루미오를 때린다.)* 나에게 음식의 명칭이나 먹일 셈이냐? 가만 안 둘 테야. 모두 덤벼들어서 나를 못살게 굴 작정이라니! 썩 꺼져버리란 말이야.

🌸 *페트루치오와 호텐쇼가 고기 접시를 들고 등장한다.*

페트루치오	아, 케이트, 아니, 왜 그렇게 기운이 없지?
호텐쇼	부인, 어쩐 일이신가요?
캐터리너	아, 이렇게 욕을 보다니!
페트루치오	이봐, 기운을 내고 즐거운 표정을 지으라고. 이봐, 이렇게 내가 애를 써서 손수 요리를 만들어 가지고 들고 왔잖아. *(요리를 내려놓는다. 캐터리너는 그것을 집는다.)* 여보, 이만하면 내가 고맙다는 말 정도는 들어도 좋을 것 같아. *(캐터리너가 요리를 입에다 넣는*

다.) 아니, 한 마디 말도 없어? 그러면 맛이 없는가 보군. 난 공연히 헛수고만 했어. (요리 접시를 뺏으며) 이봐, 이 요리 접시를 치워라.

캐터리너 제발 거기 놓아두세요.

페트루치오 아무리 맛없는 것이라 해도 고맙다는 말 정도는 하는 법이야. 내 요리만 하더라도 당신이 손을 대기 전에 고맙다는 말쯤은 해야만 할 게 아닌가?

캐터리너 고마워요. (페트루치오가 접시를 도로 내려놓는다.)

호텐쇼 이봐, 페트루치오! 네가 너무 한 거야. 자, 부인, 제가 동석해 드리지요.

페트루치오 (호텐쇼에게 방백) 이봐, 호텐쇼, 나를 생각해 준다면 네가 제발 모조리 먹어 치워 달라 이거야. 너의 그 친절한 마음씨가 효력을 발휘해주기만 바라겠어. (큰소리로) 케이트, 어서 먹으라고. 그러고 나서 당신 친정에 가봅시다. 가장 좋은 옷을 근사하게 차려입고 한 번 흥청거려 보잔 말이야. 비단 코트에다 비단 모자와 금반지, 주름 잡힌 깃, 소매장식, 스커트의 버팀 등, 그리고 목도리와 부채, 갈아입을 옷 두 벌, 호박 팔찌, 장식용 구슬 등, 진짜와 가짜를 뒤섞어 가지고 말이야. (캐터리너가 얼굴을 든 사이에 페트루치오가 눈짓을 하자 그루미오가 재빨리 요리 접시를 치운다.) 벌써 다 먹었나? 재단사가 당신을 기다리고 있어. 당신 몸매를 아주 멋있게 꾸미기 위해서 말이야. (이때 재단사가 등장한다.) 재단사, 어서 와. 어디 구경 좀 하자. 그 옷을 펴서 보여줘.

  🌸 재단사가 테이블 위에 옷을 펴 보인다. 이 때 잡화상이 상자를 들고 등장한다.

페트루치오	무슨 볼일인가?
잡화상	*(상자를 열며)* 주문하신 모자를 가져 왔어요.
페트루치오	*(모자를 잡아채면서)* 아니, 이건 죽 그릇을 틀 삼아 만든 거잖아? 벨벳 접시로군. 쳇! 쳇! 이따위 상스럽고 더러운 물건이 어디 있어? 아니, 가리비조개나 호두 껍데기 같아. 아니, 이건 노리개, 장난감, 사탕발림, 어린애 모자야. *(그것을 방구석에 내던진다.)* 집어 치워! 좀 더 큰 걸 가져와.
캐터리너	더 큰 건 싫어요. 그게 지금 유행하는 거라고요. 얌전한 부인들은 모두 그런 모자를 써요.
페트루치오	당신도 얌전해지면 이런 걸 가지게 될 거야. 그때까지는 안 돼.
호텐쇼	*(방백)* 쉽게는 안 되겠군.
캐터리너	뭐라고요? 이젠 나도 가만히 못 있겠어요. 할 말은 해야겠어요. 나는 어린아이도, 갓난애도 아니라고요. 당신보다 더 훌륭한 분들도 내가 하고 싶은 말을 막지 않았어요. 듣기 싫다면 당신이나 귀를

	막으면 되요. 내 혀는 가슴속의 울분을 토해내야만 하겠어요. 억지로 참고 있으면 내 가슴이 터질 거예요. 그러기보다는 속 시원하게 말을 하겠어요. 속 시원하게 실컷 말이나 해버리겠다고요.
페트루치오	정말로 그래. 당신 말대로 이건 보잘것없는 모자야. 커스터드 푸딩 같다고 할까, 장난감 같다고 할까, 비단 파이 같다고 할까? 당신이 이걸 싫어하니까 나는 당신이 더욱 사랑스러워.
캐터리너	사랑스럽고 뭐고, 난 이 모자가 좋아요. 그러니 이 모자로 하겠어요. 다른 건 싫어요.
페트루치오	그러면 당신 의복은? 이봐, 재단사, 구경 좀 하자고. *(테이블 쪽으로 간다. 그루미오가 잡화상을 데리고 나간다.)* 아, 맙소사! 이건 가장 무도회에 입고 나가라는 거야? 이건 뭐지? 이게 소매란 말인가? 대포 아가리 같아. 허허! 위나 아래나 똑같은 꼴이 꼭 애플 파이 같잖아. 여기를 싹둑, 저기를 땡강, 온통 여기저기 이렇게 잘라 냈으니, 이건 마치 이발소의 가위질 격이 아닌가? 이봐, 재단사, 도

페트루치오 : 이봐, 재단사, 도대체 이건 뭐라고 하는 물건이야?

	대체 이건 뭐라고 하는 물건이야?
호텐쇼	*(방백)* 저래 가지고는 모자든 의복이든 부인 손에는 들어가지 못할 것 같아.
재단사	주문하실 때 지금 유행에 맞추어 잘 만들라고 분부하셨잖아요.
페트루치오	물론 나는 그렇게 말했어. 하지만 생각을 좀 해봐. 그래, 어느 누가 유행에 맞추어 물건을 아주 못 쓰게 만들라고 했어? 썩 물러가서 빈민굴이나 찾아다녀. 이제부터 우리 집에는 드나들지 말란 말이야. 이따위 물건은 필요 없으니까. 어서 싸 가지고 돌아가!
캐터리너	하지만 난 이렇게 좋은 물건은 처음 보았어요. 멋지고, 유행에 맞고, 어디로 보나 내 마음에 들어요. 당신은 나를 꼭두각시로 취급할 작정인가요?
페트루치오	글쎄 말이야. 재단사가 당신을 꼭두각시로 취급하고 있어.
재단사	아니에요. 주인님이 부인을 꼭두각시로 취급하신다고 부인은 말씀하셨지요.
페트루치오	이 건방진 자식 좀 봐! 거짓말하지 마! 이 실오라기 같은 자식아,

골무 같은 자식아, 석 자, 두 자, 한 자, 여덟 치, 두 치 같은 자식아, 벼룩이 같은 자식아, 알 같은 자식아, 겨울철의 귀뚜라미 같은 자식아! 그래, 바로 우리 집에 와서 실타래를 휘두를 작정이야? 이 넝마 같은 자식아, 눈곱만한 헝겊조각 같은 자식아, 썩 나가! 어물어물하고 있으면 네 잣대로 갈겨 줄 테야! 그래, 죽는 날까지 그렇게 서서 조잘대려는 거야? 내 마누라의 옷을 이렇게 못 쓰게 만들어 놓는 법이 어디 있느냐 이거야.

재단사   주인님은 착각을 하고 계시나 보군요. 이 옷은 주인님이 주문하신 그대로 만든 거라고요. 그렇게 만들라는 주문을 그루미오가 전달했지요.

그루미오   저는 아무런 주문도 전달하지 않았어요. 다만 옷감을 가져다주었을 뿐이지요.

재단사   하지만 옷을 어떻게 만들어야 한다는 말은 했잖아요?

그루미오   그야 말했지요. 바늘과 실을 가지고 하라고.

재단사   하지만 재단하라는 요구를 안했다는 거요?

그루미오   당신은 참으로 많이도 붙여 댔군요.

재단사   그래요.

그루미오   날 책망하지 말아요. 당신은 지금까지 여러 사람들을 얕봐 왔지만, 날 얕보진 말라고요. 난 만만하게 문책을 당하거나 얕잡히거나 할 사람이 아니거든. 잘 들어 둬요. 나는 당신 주인에게 옷을 재단해 달라고 했지, 옷감을 조각조각 잘라내 달라고 부탁하지는 않았어요. 그러니까 당신은 거짓말쟁이란 말이에요.

재단사   그러면 여기 증거가 있어요. 어떤 양식으로 만들라는 쪽지 말이에요.

페트루치오   어디 읽어 봐.

엘리자베스 1세의 옷을 흉내 낸 의상
_ 16세기 판화

그루미오　　내가 그런 말을 했다고 적혀 있다면 그 쪽지는 새빨간 거짓말일 거요.

재단사　　*(읽는다.)* '첫째, 헐렁한 부인복을 만들 것.'

그루미오　　주인님, 제가 헐렁한 부인복을 주문했다면 저를 그 스커트 속에 꿰매 놓은 채 실패 자루로 죽어라 하고 때려도 좋아요. 저는 그냥 부인복이라고만 했거든요.

페트루치오　　그 다음을 읽어 봐.

재단사　　'원형의 작은 케이프를 달 것.'

그루미오　　케이프는 확실히 말했어요.

재단사　　'소매 하나는 매우 불룩하게 할 것.'

그루미오　　소매는 두 개라고 확실히 말했어요.

페트루치오 : 한 마디로 이 옷은 내 취미에 맞지 않아. _ C, R, 레슬리 작

재단사 '소매들은 멋지게 재단할 것.'
페트루치오 거기야. 거기가 돼먹지 않았단 말이야.
그루미오 이 쪽지는 엉터리예요. 주인님, 이 쪽지는 엉터리라고요. 내가 이렇게 말했잖아. 소매들은 재단해 가지고 다시 꿰매라고 말이야. 이봐, 재단사, 당신이 그 작은 손가락을 골무로 무장하고 있다 해도, 나는 일은 일대로 좀 따져 봐야겠어.
재단사 내가 한 말은 참말이라고요. 가 있을 곳에 나가만 보면 당신도 알게 될 거요.
그루미오 그러면, 자, 나가보자고. 당신은 칼 대신 그 쪽지를 가져. 그리고 당신 잣대는 나에게 줘. 자, 덤벼라.

호텐쇼	아니, 이봐, 그루미오! 그래서야 재단사가 불리하잖아.
페트루치오	어쨌든 좋아. 한 마디로 이 옷은 내 취미에 맞지 않아.
그루미오	하기야 그러실 테지요. 그건 안주인님의 옷이니까요.
페트루치오	도로 가지고 가서 네 주인이 마음대로 처분하라고 해.
그루미오	제기랄, 그건 절대로 안 돼. 우리 안주인님의 옷을 당신 주인이 마음대로 처분하다니!
페트루치오	아니, 그건 또 무슨 뜻으로 하는 말이냐?
그루미오	아, 거기엔 좀 까닭이 있지요. 글쎄, 안주인님의 옷을 저 자식의 주인이 함부로 써서야 어디 되겠어요? 쳇! 쳇! 쳇! 당치도 않은 일이지요.
페트루치오	*(작은 소리로)* 이봐, 호텐쇼, 재단사하고 대금에 관한 얘기를 좀 해줘. *(큰소리로 재단사에게)* 자, 가지고 가. 빨리 가라고. 난 이제 말도 하기 싫으니까.
호텐쇼	*(작은 소리로)* 이봐, 재단사, 옷 대금은 내일 치러주겠어요. 저분의 성미 급한 말을 오해는 하지 말아요. 자, 이제 가 봐요! 그리고 당신 주인에게 안부를 전해줘요. *(재단사가 퇴장한다.)*
페트루치오	자, 그러면 케이트, 당신 부친에게 가봅시다. 이 옷을 그냥 입고 가요. 수수하지만 건실하거든. 지갑은 두둑하고 의복만 빈약할 뿐이야. 육체를 풍부하게 하는 건 뭐니 뭐니 해도 정신이지. 태양이 시커먼 구름을 헤치고 비치듯이 옷차림이 아무리 초라해도 미덕은 저절로 비쳐나 보이고 마는 법이거든. 어치의 깃털이 아무리 곱다 해도 어치가 종달새보다 더 소중히 여겨지지는 않아. 얼룩진 껍질이 보는 눈에 든다고 해서 독사를 장어보다 더 좋다고 할 사람은 없어. 이봐, 케이트, 그런 것과 마찬가지로 겉치레가 빈약하고 의복이 허름하다 해서 당신을 얕볼 사람은 없어. 그런 게 다 창피하

다면 모두 내 책임으로 돌리라고. 자, 그러면 기운을 내고 당장 당신 친정집으로 돌아가서 한 번 흥청대며 잔치를 열어 보자고. 누군가 가서 하인들을 불러와라. 우리는 당장 떠납시다. 말은 롱 레인 Long-lane 길모퉁이에 대기해 둬. 우린 거기서부터 말을 타고 걸 테니까. 자, 그곳까지는 걸어서 갑시다. 그런데 지금이 일곱 시 가량이니까 우리는 점심때까지 도착할 거야.

캐터리너   아니, 지금은 벌써 두 시예요. 저녁 식사 전에는 도착하지 못할 거예요.

페트루치오   말이 있는 곳까지 가면 일곱 시가 될 거야. 원, 당신은 내 말과 행동과 생각에 대해 일일이 트집만 잡는군. 이봐, 다들 그만 두자고. 나는 오늘 떠나지 않을 테니까. 내가 말한 대로 그 시간이 아니라면 나는 떠나는 걸 그만두겠다 이거야.

호텐쇼   *(방백)* 아니, 이 호걸은 태양에게마저 호령하려고 드는군. *(모두 퇴장한다.)*

17세기 양복점

4막 4장

패튜어의 광장.

🌺 트래니오와 빈센쇼로 가장한 교사가 등장한다. 교사는 이 지방에 막 도착한 것처럼 장화를 신고 있다. 두 사람이 바프티스타의 집으로 다가간다.

트래니오   이 집이 그 집이에요. 좀 들렀다 가도 괜찮겠지요?

교사   그렇게 하려고 이렇게 온 게 아닌가? 내가 잘못 생각한 게 아니라면 바프티스타 씨는 나를 기억하고 있을 거야. 거의 이십 년 전 제노아에서 페가서스 Pegasus라는 여관에 함께 투숙한 적이 있었거든.

트래니오   됐어요. 어떠한 경우라 해도 그런 식으로 제 부친처럼 위엄 있게 처신해주세요.

교사   걱정 마라. *(비온델로가 등장한다.)* 아, 저기 네 하인이 오는군. 저 작자에게도 잘 얘기해 두는 게 좋을 것 같아.

트래니오   염려 마세요. 이봐, 비온델로, 부탁인데, 알았나? 이분을 진짜 빈센쇼 님이라고 생각하란 말이야.

비온델로   예, 염려 말아요.

트래니오   그런데 넌 바프티스타에게 심부름은 다녀왔어?

비온델로   예, 말씀을 전했어요. 주인님의 부친께서 베니스에 계셨는데 오늘 패튜어로 오신다고 말이에요.

트래니오   아, 그래야지. 자, 이걸 가지고 가서 술이나 마셔. *(돈을 준다. 문이*

열리고 바프티스타가 나타난다. 그 뒤에 루센쇼가 따라나온다.)

바프티스타가 오는군. 자, 제 부친인 척하세요. 바프티스타 씨, 마침 잘 만났어요. *(교사에게)* 아버지, 이분이 제가 말씀드린 분이에요. 자, 아버지로서 인사 말씀을 하세요. 그러면 유산을 말씀해 주시고 제가 비안카 양과 결혼하도록 해주세요.

교사 얘, 넌 좀 가만히 있어! 초면에 미안한 말씀이지만, 나는 빌려준 돈을 좀 받을 게 있어서 이번에 패튜어에 오게 됐지요. 그런데 내 아들 루센쇼의 말을 들어보니, 내 아들과 당신 딸 사이에 사랑이라는 중대사가 벌어졌나 보군요. 당신 성함은 나도 평소부터 듣고 있었는데, 내 아들이 당신 딸을 사랑하고 또한 당신 딸도 내 아들을 사랑한다고 하는데다가 내 아들이 애를 너무 태우게 하는 것도 뭣하고 하니, 아버지의 입장에서는 결혼을 시켜 주는 게 좋을까 해요. 그러니 당신도 별다른 이의가 없으시다면, 확실한 약속 아래 당신 딸에게 증여할 유산에 관해 기꺼이 동의할 테요. 명성이 자자하신 바프티스타 씨니까 내가 당신에 관해서 궁금해 할 필요는 없을 것 같군요.

바프티스타 미안한 말씀이지만 나도 한 마디 말씀드리지요. 당신의 솔직하고 간결한 인사 말씀에 나는 참으로 기쁘군요. 사실 당신 아들 루센쇼는 내 딸을 사랑하고 있고, 우리 애도 당신 아들을 사랑하는 것 같아요. 그리고 둘이 모두 겉으로만 사랑하는 건 아닌 것 같지요. 그러니까 당신은 저에게 이 말씀만 해주시면 되겠어요. 아버지로서 잘 생각하셔서 내 딸에게 충분한 유산을 주시겠다는 말씀만 해 주시면, 이 결혼은 성립된 거나 마찬가지고 만사는 이루어질 거요. 그럼 우리 애를 당신 아들에게 기꺼이 드리겠어요.

트래니오 감사해요. 그러면 약혼식은 어디서 하는 것이 가장 좋을까요? 그

	리고 피차간에 계약서도 교환해야겠는데 어디서 하면 좋지요?
바프티스타	우리 집은 좀 난처해요. 아시다시피 물 주전자에도 귀가 있다는 말처럼 우리 집에는 하인들도 많고, 게다가 그레미오 영감이 항상 엿듣고 있어서 방해당할 우려가 있고요.
트래니오	그렇다면 제 숙소는 어떻겠어요? 좋으실는지요? 아버지도 저와 함께 묵고 계시지요. 그러면 오늘 밤 그곳에서 남몰래 일을 처리해 버리자고요. 여기 당신 하인을 보내서 따님을 오라고 하세요. *(루센쇼에게 눈짓을 한다.)* 공증인은 내 하인을 시켜서 곧 불러오도록 하겠어요. 다만 일이 워낙 갑작스러우니까 별로 대접도 해드리지 못할 것 같아서 참 안됐어요.
바프티스타	염려 말아요. *(루센쇼에게)* 이봐, 캠비오, 빨리 집에 가서 비안카에게 곧 준비하라고 전해요. 그리고 그 동안의 사정도 좀 전해주고. 루센쇼의 부친이 패튜어에 도착했으니 그 애는 루센쇼의 아내가 될 거라는 사정을 말이에요. *(루센쇼가 퇴장한다. 그러나 트래니오의 눈짓으로 나무 뒤에 숨는다.)*
비온델로	아이고 하느님, 제발 그렇게만 되어 주기를 빌어요.
트래니오	하느님과 빈들거리지만 말고, 빨리 네가 맡은 일이나 해. *(비온델로에게 루센쇼가 있는 곳으로 가라고 눈짓을 한다. 하인이 트래니오의 숙소 문을 연다.)* 바프티스타 씨, 이리 들어오시겠어요? 어서 들어오세요. 요리 한 접시 정도밖에 못 내오게 될지도 모르겠지만, 자, 나중에 피사에 오시면 보충해 드리겠어요.
바프티스타	그러면 따라 들어가기로 하지요. *(트래니오, 바프티스타, 교사가 들어간다. 루센쇼와 비온델로가 앞으로 나온다.)*
비온델로	이봐, 캠비오!
루센쇼	왜 그래, 비온델로?

비온델로	우리 주인님이 당신에게 눈짓하며 웃는 걸 보셨지요?
루센쇼	그래, 그게 어쨌단 말이냐?
비온델로	아무것도 아니에요. 하지만 우리 주인님은 그 눈짓과 신호의 의미와 뜻을 제가 여기 남아 있다가 당신에게 설명해 드리라고 하던데요?
루센쇼	그럼 그걸 좀 해설해 봐.
비온델로	그건 이렇지요. 바프티스타는 안전해요. 글쎄, 그분은 지금 가짜 아들에 관해서 가짜 아버지와 담판하는 중이니까요.
루센쇼	그래서 그분이 어쨌단 말이냐?
비온델로	그분의 딸을 당신이 식사에 데리고 나오기로 되어 있지요.
루센쇼	그래서?
비온델로	성 루카 성당의 늙은 신부님이 기다리고 있어요. 당신 일을 언제라도 도와주려고 말이에요.
루센쇼	그래서 도대체 어떻게 되는 거야?
비온델로	모르겠어요. 저는 이것밖에는 몰라요. 글쎄, 지금 다들 모여서 가짜 계약서 작성에 바쁘지요. 당신도 빨리 아가씨와 계약을 하세요. '판권 독점'을 해버리란 말이에요. 빨리 성당에 신부님과 서기와 그리고 몇몇 적절한 증인들을 데리고 가세요. 이것이 당신이 바랐던 게 아니라면 저는 이제 아무 말도 드리지 않을 테니까, 비안카 양에게 가서 영원히 작별 인사나 하세요. *(비온델로가 나가려고 한다.)*
루센쇼	이봐, 비온델로!
비온델로	저는 어물거리고 있을 수가 없어요. 또 저는 이런 얘길 알고 있어요. 글쎄, 토끼에게 먹이려고 양미나리를 뜯으러 마당에 간 색시가 그날 저녁 때에는 벌써 시집을 갔다고 하는 얘기 말이에요. 당

신도 그렇게 하면 좋잖아요. 그럼 안녕히 계세요. 저는 주인님의 명령으로 성 루카 성당에 가봐야겠거든요. 당신이 일행을 거느리고 오시기 전에 신부님도 나타날 준비를 해놓도록 신부님에게 전해야겠어요. *(퇴장한다.)*

루센쇼 그녀만 그렇게 해주겠다면 나도 그렇게 되어주길 바라고말고. 그녀도 기뻐할 거야. 그렇다면 내가 염려할 필요는 없지. 일이 어떻게 되든지 간에 나는 가서 그녀에게 솔직히 얘기를 해야겠어, 이제 이 캠비오는 그녀 없이는 도저히 살아갈 수 없으니까. *(퇴장한다.)*

4막 5장

패튜어로 통하는 가도의 산길.

🌿 *페트루치오, 캐터리너, 호텐쇼, 하인들이 산길 가에 쉬고 있다.*

페트루치오 자, 갑시다. 이제 당신 친정집도 그리 멀지 않아요. 그런데 그거 참 밝고도 굉장한 달이로군!

캐터리너 달이라니요! 태양이라고요. 지금 이 때에 달이 다 뭐예요?

페트루치오 글쎄, 저건 밝고도 밝은 달이라니까 그래.

캐터리너 아녜요. 저건 밝고도 밝은 태양이라고요.

페트루치오 아, 우리 어머님의 아들, 즉 나 자신에 걸고 단언하지만, 저건 달이

	거나 별이야. 아니, 적어도 당신 친정집에 도착할 때까지는 내가 바라는 게 무엇이든지 바로 그거야. *(하인에게)* 이봐, 말 머리를 돌려. 일일이 나에게 반대해. 반대할 줄 밖에는 모른단 말이야!
호텐쇼	*(작은 목소리로 캐터리너에게)* 그렇다고 해두세요. 안 그러면 어느 세월에 도착할는지 모를 테니까요.
캐터리너	그러면 제발 가요. 우린 이미 여기까지 왔으니까요. 달이든 태양이든 당신이 뭐라고 하든 뭐든지 좋아요. 촛불이라고 하셔도 이제부터는 그렇다고 해둘 테니까요.
페트루치오	글쎄, 달이라니까.
캐터리너	네, 달이에요.
페트루치오	아니야. 당신은 거짓말쟁이야. 분명히 저건 태양이야.
캐터리너	아, 그러시다면, 확실히 저건 태양이에요. 하지만 당신이 태양이 아니라고 말씀하시면, 물론 태양이 아니고말고요. 달은 당신 마음처럼 변하니까요. 당신이 이것이라고 이름을 지으시면 그것이 돼요. 그리고 저도 그렇게 부를 거예요.
호텐쇼	*(낮은 음성으로)* 페트루치오, 이제 가자. 네가 이겼어.
페트루치오	그러면 가보자. 앞으로! 앞으로! 그야 공은 굴러서 내려가는 법이지. *(캐터리너의 팔을 잡는다.)* 순순히 자연을 따라야지. 그런데 가만 있자. 이게 누구냐? *(빈센쇼가 나그네 차림으로 산길을 아래쪽에서 올라오고 있다. 빈센쇼에게)* 안녕하세요, 아가씨? 어디로 가세요? *(케이트에게)* 여보, 케이트, 정말이지 이렇게 참신한 귀부인을 본 적이 있나? 저 볼을 좀 보라고. 흰 것과 빨간 것이 다투고 있는 것 같잖아! 천사 같은 얼굴에 저렇게도 어울리는 저 두 눈, 그 어떠한 별도 저렇게 아름답게 밤하늘을 비추진 못할 게 아닌가? 아름다운 아가씨, 다시금 인사드려요. 여보, 케이트, 저렇게도 아

캐터리너 : 꽃망울처럼 젊은 아가씨, 예쁘고 싱싱하며 아름다운 아가씨, 어딜 가세요?

	름다운 분을 좀 포옹해 드려.
호텐쇼	(방백) 노인을 여자로 취급하다니, 저 사람을 미치게 할 작정인가?
캐터리너	꽃망울처럼 젊은 아가씨, 예쁘고 싱싱하며 아름다운 아가씨, 어딜 가세요? 집은 어디세요? 이렇게 예쁜 딸을 둔 부모는 행복할 거야. 그리고 행운의 별 아래 태어나서 아가씨를 침실의 짝으로 삼을 수 있는 남자는 얼마나 행복할까!
페트루치오	아니, 여보! 당신은 미치지나 않았어? 이분은 노인이 아닌가? 주름살이 지고, 시들고, 생기는 없고 말이야. 아가씨라니? 얼토당토 않는 소리야.
캐터리너	할아버지, 용서해 주세요. 햇빛이 어찌나 눈부시던지 모든 것이 초록색으로만 보이는 바람에 그만 제가 잘못 봤어요. 이제 자세히 보니 참 나이 지긋한 할아버지시군요. 용서해 주세요. 제가 그만 큰 실수를 했어요.
페트루치오	노인어른, 용서해 드리세요. 그런데 어디까지 가시는 길인지 좀 가르쳐 주실 수 없겠어요? 길이 같은 방향이라면 기꺼이 동행해 드리지요.
빈센쇼	아, 두 분은 참 재미있는 사람들이야. 인사가 하도 묘한 바람에 나는 깜짝 놀랐지요. 나는 (머리를 숙인다.) 빈센쇼라는 사람으로 피사에 살고 있는데 지금 패튜어로 가는 중이지요. 한참 동안 만나보지 못한 아들을 찾아가는 길이거든요.
페트루치오	아들의 이름은 뭐지요?
빈센쇼	루센쇼라고 해요.
페트루치오	잘 만났어요. 당신 아들을 위해서는 더욱 잘 만났고요. 그런데 법적으로나 당신의 연세를 봐서나 나는 당신을 친애하는 아버지라고 부르겠어요. 여기 있는 내 아내의 여동생과 당신 아들은 지금

쯤 결혼이 끝나 있을 테니까요. 놀라지 마세요. 슬퍼하지도 마세요. 당신 며느리는 참으로 훌륭한 여자거든요. 지참금도 많고 집안도 좋아요. 더욱이 어떠한 신사의 아내로서도 부족하지 않을 만한 자질도 갖추고 있지요. 자, 빈센쇼 노인어른, 우리 포옹합시다. *(두 사람이 포옹한다.)* 그러면 당신 아들을 만나러 갑시다. 아버지의 도착을 아들은 대단히 기뻐할 거요.

빈센쇼 그게 정말인가? 장난은 아닌가? 유쾌한 여행가들이 누구를 만나든 장난을 거는 그런 수작은 아니냐 이거요.

호텐쇼 노인어른, 내가 보증해요. 장난은 아니라고요.

페트루치오 자, 어쨌든 가서 보세요. 가보시면 판명될 테니까요. 만나자마자 내가 장난을 하는 바람에 당신은 믿지 못하시는 모양이군요. *(호텐쇼만 남고 모두 퇴장한다.)*

호텐쇼 그래, 페트루치오, 이제 나도 용기를 얻었어. 그 미망인에게 이런 수법을 써봐야겠어! 상대방이 고집 센 여자라면 이쪽은 너에게 배운 그 솜씨로 억세게 나가는 거야. *(산길을 뒤쫓아 올라간다.)*

5막 1장

패튜어의 광장.

🌿그레미오가 나무 그늘에 앉아서 졸고 있다. 바프티스타의 집 문이 가만히 열리고 비온델로가 등장한다. 그 뒤에 가장을 벗은 루센쇼와 얼굴을 감싼 비안카가 등장한다.

비온델로	*(낮은 소리로)* 가만히 빨리 오세요. 신부님도 대기하고 계신다고요.
루센쇼	난 지금 날아가고 있어, 비온델로. 누가 널 찾을는지도 모르니까 너는 집으로 돌아가. *(이렇게 말하고 비안카와 둘이서 황급히 퇴장한다.)*
비온델로	*(뒤를 쫓아가면서)* 아니야. 성당에 안전하게 들어가시는 걸 보고 나서 곧장 돌아가야겠어.
그레미오	*(일어서면서)* 웬일이지? 캠비오가 아직도 나타나지 않으니 말이야.

❦ 이때 페트루치오, 캐터리너, 빈센쇼, 그루미오, 하인들이 등장한다. 모두 트래니오의 숙소로 다가간다.

페트루치오	여기가 현관이지요. 루센쇼의 숙소라고요. 우리 장인 댁은 시장 쪽으로 좀 더 가야 해요. 나는 그곳으로 가봐야겠으니 여기서 실례하겠어요.
빈센쇼	아니, 한 잔 들고 가시라고요. 당신을 좀 대접해 드리게 하겠으니까. 아마 그만한 건 준비되어 있을 거요. *(노크한다.)*
그레미오	*(다가와서)* 안에서는 모두 바쁜 모양이군요. 좀 더 세게 노크해야 될 것 같아요. *(페트루치오가 세게 노크한다.)*

❦ 현관 위의 창문으로 교사가 내다본다.

교사	노크하는 분은 누구요? 문을 부수어버릴 작정이요?
빈센쇼	루센쇼는 안에 있나요?
교사	있긴 있지만 아무도 그 애를 만나지 못해요.

빈센쇼	그가 즐겁게 살도록 해주려고 백 파운드나 이백 파운드의 돈을 가지고 왔어도 그런가요?
교사	그런 돈은 당신이나 잘 간수해 둬요. 내가 살아있는 한 그 애는 그런 게 필요 없거든.
페트루치오	자, 보세요. 당신 아들은 패튜어에서 대단한 인기라고요. *(교사에게)* 이봐요, 그런 경솔한 수작은 그만두고 루센쇼에게 좀 전해 줘요. 피사에서 부친이 오셔서 지금 현관 앞에서 기다리고 계신다고 말이에요.
교사	그건 거짓말이라고요. 그 애 아버지는 맨튜어로부터 이미 도착해 가지고 이렇게 창문 밖을 내다보고 있으니까.
빈센쇼	그럼 당신이 그 애 아버지란 말인가요?
교사	그래요. 그 애 어머니가 그렇다더군요. 어느 정도 믿을 만한 말인지는 몰라도.
페트루치오	*(빈센쇼에게)* 이게 도대체 어떻게 된 영문이란 말인가! 이봐요, 당신이 남의 이름을 사칭하다니 이건 너무 악질이야,
교사	그 악당을 좀 잡아 줘요! 저놈은 아마 내 이름을 사칭해 가지고 이 도시에서 누군가에게 사기를 칠 배짱인 것 같아요.

🌼 비온델로가 돌아온다.

비온델로	*(혼잣말로)* 두 분은 무사히 성당에 들어가셨어. 제발 하느님의 축복을 받으시기를 빌어요. 아니, 저분은 누구야? 우리 늙은 주인님 빈센쇼라니! 아이고, 이젠 글렀다, 글렀어.
빈센쇼	*(비온델로를 보고)* 야, 이놈아 이리 와. 이 죽일 놈 같으니!
비온델로	*(그 옆을 지나가면서)* 실례하겠어요.

빈센쇼	*(비온델로를 부른다.)* 이 악당아, 이리 썩 못 와? 네가, 그래, 날 잊었단 말이냐?
비온델로	잊었느냐고요? 천만에요. 생전 보지도 못한 사람을 잊을 리가 있겠어요?
빈센쇼	아니, 이 악질 좀 봐. 네 주인의 아버지인 나를 생전 보지도 못한 사람이라고?
비온델로	제 주인님의 아버지 말인가요? 예, 그야 잘 알고 있지요. 저기 창문으로 내다보고 계시는 바로 저분이라고요.
빈센쇼	정말 그래 볼 테야? *(비온델로를 때린다.)*
비온델로	사람 살려! 사람 살려! 미치광이가 나를 죽이려고 해요. *(달아나 버린다.)*
교사	얘, 아들아, 좀 도와줘라! 바프티스타 씨도 도와주라고요! *(창문을 닫고 들어가 버린다.)*
페트루치오	이봐, 케이트, 우린 비켜서서 일이 어떻게 되어 가는지 보자고. *(나무 밑에 앉는다.)*

🌿 *교사가 하인들을 데리고 나온다. 그 뒤에 바프티스타와 트래니오가 몽둥이를 들고 나온다.*

트래니오	도대체 누가 내 하인을 때리는 거야?
빈센쇼	내가 누구냐고? 아니, 넌 누구냐? 아, 맙소사! 기가 막혀. 이 망할 자식 좀 봐! 비단 윗도리에, 벨벳 바지에, 새빨간 외투에, 운두 높은 모자에! 아이고, 내 신세 좀 봐! 내 신세 좀 보라고! 집에서 애비가 근검 절약하고 있는 사이에 자식 놈과 하인 놈은 유학한답시고 돈을 탕진하고 있다니.

트래니오	도대체 이건 뭐야?
바프티스타	아니, 미친 사람인가요?
트래니오	이봐요, 당신은 옷차림으로 봐서는 점잖은 노인 같은데, 하는 말로 봐서는 미치광이로 밖에는 안 보인다고. 그런데 이봐요, 내가 진주와 금을 지니고 있든 말든 당신과 무슨 상관이지요? 이것도 우리 아버지 덕택인데 당신이 이러고저러고 할 건 없잖아요?
빈센쇼	네 아버지 덕택이라니! 이 악당아, 네 애비는 버가모우 Bergamo에서 배의 돛을 만들고 있어.
바프티스타	사람을 잘못 본 게 아닌가요? 사람을 잘못 본 건 아니냐고요. 도대체 저 사람을 누군 줄로 아는 거요?
빈센쇼	누군 줄로 아느냐? 내가 저 놈을 모를 줄 알아요? 난 저 놈을 세 살 때부터 길렀다고요. 저 놈은 트래니오지 누구란 말이오?
교사	가세요, 가. 미친 바보 같은 작자 같으니! 이 애 이름은 루센쇼며, 나 빈센쇼의 외아들이자 상속자란 말이야.
빈센쇼	루센쇼라니! 아이고, 그러면 이놈이 자기 주인을 죽여 버린 게야! 자, 공작의 이름으로 너를 체포하도록 하겠어. 아이고, 내 아들아, 내 아들아! 이놈아, 말해 봐. 내 아들 루센쇼는 어디 있어?
트래니오	경찰을 불러와요. *(이때 경찰이 나타난다.)* 이 미치광이를 감옥에 처넣어요. 장인어른, 이 작자를 감옥에 보내도록 수속을 밟아주세요.
빈센쇼	날 감옥으로 보낸다고?
그레미오	경찰관, 잠깐만. 이분을 감옥에 데리고 갈 것까진 없을 거요.
바프티스타	그레미오 씨는 참견하지 말아요. 난 이 자를 기어이 감옥으로 보낼 작정이니까요.
그레미오	바프티스타 씨, 공연히 속지 말고 조심하세요. 내가 보기엔 이분

	이 진짜 빈센쇼 같거든요.
교사	정 그렇게 생각한다면 어디 맹세를 해봐요.
그레미오	아니, 맹세까진 할 수 없어요.
트래니오	그렇다면 내가 루센쇼가 아니라는 거요?
그레미오	아니, 당신은 틀림없이 루센쇼 씨지요.
바프티스타	이 주책없는 영감쟁이도 저 늙은이와 함께 감옥으로 끌고 가라고요!
빈센쇼	낯선 고장에 가면 흔히 이렇게 욕을 보고는 해. 아이고, 지독한 악당 같으니!

🌿 *비온델로가 루센쇼와 비안카를 모시고 등장한다.*

비온델로	맙소사! 이제는 뒤죽박죽이라고요. 저길 보세요. 아버님이 계신다고요! 모르는 척하시고, 남이라고 잡아떼세요. 그렇게 하지 않으시면 뭐든지 다 끝장이에요.
루센쇼	(무릎을 꿇고) 아버님, 용서해 주세요.
빈센쇼	내 아들아, 살아 있었느냐?
비안카	(무릎을 꿇고) 용서해 주세요, 아버님. *(이때 비온델로, 트래니오, 교사가 허겁지겁 루센쇼의 숙소로 도망친다.)*
바프티스타	아니, 네가 무슨 잘못을 했단 말이냐? 그런데 루센쇼는 어디 있어?
루센쇼	예, 여기 있어요. 방금 당신 딸과 결혼식을 마치고 왔지요. 가짜들이 장인어른의 눈을 속이고 있는 틈에요.
그레미오	이런 음모가 어디 있어? 우린 모두 감쪽같이 속아 넘어 갔다니!
빈센쇼	그 망할 놈 트래니오는 어디 갔어? 어디까지나 뻔뻔스럽게 나한테 대들던 그 트래니오 놈 말이야.

바프티스타	도대체 이게 어떻게 된 영문인가? 이건 우리 집의 캠비오가 아닌가?
비안카	캠비오가 루센쇼로 변신했어요.
루센쇼	사랑이 이런 기적들을 가져왔지요. 비안카의 사랑이 제 신분을 트래니오와 바꾸게 하고, 그 동안 트래니오는 이곳에서 저의 역할을 하고 다닌 거라고요. 덕분에 저는 마침내 행복의 항구에 도착했어요. 트래니오의 소행은 모두 제가 강제로 시킨 거예요. 그러니 아버님, 저를 보아서라도 트래니오를 용서해 주세요.
빈센쇼	그 악당 놈의 코를 찢어 놓을 테야. 감히 나를 감옥에 보내겠다고 했으니까.
바프티스타	하지만 이봐, 당신은 내 승낙도 없이 내 딸과 결혼을 했단 말이 아닌가?
빈센쇼	염려 말아요, 바프티스타 씨. 당신이 만족하도록 해드릴 테니까. 그러면 나는 안에 들어가서 그 악당 놈을 혼내줘야지. *(루센쇼의 숙소 문을 열고 들어간다.)*
바프티스타	나도 가만히 있을 순 없어. 이 음모의 밑바닥을 캐봐야지. *(자기 집으로 들어간다.)*
루센쇼	이봐, 비안카, 그렇게 핏기 없는 안색이 되지는 말아요. 우리 아버지는 화를 내시지 않을 거야. *(두 사람은 바프티스타의 뒤를 쫓아간다.)*
그레미오	내 과자만 설익었군. 하지만 나도 같이 들어가 보자. 희망은 없어졌지만 적어도 음식이나 좀 얻어먹어야지. *(뒤따라 퇴장한다.)*

　　💐 페트루치오와 캐터리너가 일어선다.

캐터리너	여보, 우리도 들어가 봐요. 이 소동이 어떻게 될지 구경하게 말이에요.
페트루치오	먼저 나에게 키스해. 그리고 나서 가보자고.
캐터리너	아니, 이렇게 큰길에서요?
페트루치오	아니, 상대가 나라고 해서 창피하다는 거야?
캐터리너	아녜요. 천만에요. 키스하기가 부끄러워서요.
페트루치오	좋아. 그러면 다시 집으로 돌아가자. *(하인에게)* 이봐, 돌아가자.
캐터리너	아녜요. 그럼 키스해 드리겠어요. 제발 돌아가진 말아 주세요. *(키스한다.)*
페트루치오	이거 좋지 않아? 자 가요, 케이트. 뭐든지 부딪쳐 보는 거야. 글쎄, 망설이면 안 된단 말씀이야. *(두 사람은 바프티스타의 집으로 돌아간다. 캐터리너는 페트루치오의 팔에 매달린다.)*

5막 2장

루센쇼의 숙소 어느 방.

🍀 하인이 방문을 연다. 바프티스타, 빈센쇼, 그레미오, 교사, 비안카, 페트루치오, 캐터리너, 호텐쇼, 미망인이 차례로 등장한다. 끝으로 트래니오와 하인들이 주안상을 들고 등장한다.

루센쇼 상당히 오래 끌어 왔지만, 마침내 우리의 불협화음(不協和音)도 장단이 맞게 되었으니 이제는 격전도 끝난 이 마당에, 구사일생으로 얻은 위험한 이야기를 웃으면서 돌이켜볼 때가 되었어요. 이봐, 비안카, 우리 아버님을 진심으로 환영해 줘요. 나도 당신 아버님을 잘 대접해 드릴 테니까. 페트루치오 동서와 캐터리너 처형, 그리고 호텐쇼와 같이 오신 아름다운 미망인, 자, 마음껏 드세요. 모두 다 잘 오셨어요. 이 잔치는 이미 치러진 저 성대한 잔치에 이

　　　　　　　어 우리 뱃속을 좀 채우기 위한 것이지요. 자, 여러분, 앉으세요.
　　　　　　　이제는 앉아서 먹으면서 얘기나 하자고요. (모두 좌석에 앉는다.
　　　　　　　하인들이 술을 따르고 과일 등을 차려 놓는다.)
페트루치오　　이건 앉아서 먹자판이로구나!
바프티스타　　이봐, 사위 페트루치오, 이 호의는 패튜어가 베푸는 거야.
페트루치오　　하기야 패튜어는 호의밖에는 베풀 수가 없으니까요.
호텐쇼　　　　우리 부부를 위해서라도 나는 그 말이 진실이기를 바라지요.
페트루치오　　아니, 호텐쇼, 너는 미망인에 대해 겁을 먹은 모양이야.
미망인　　　　천만에요. 제가 겁을 내다니요!
페트루치오　　난 당신이 생각이 깊은 분인 줄 알았는데 당신은 내 말을 잘못 알
　　　　　　　아 들으셨군요. 내 말은 호텐쇼가 당신을 무서워한다는 거요.
미망인　　　　현기증이 나는 사람은 세상이 돌고 있는 줄로 알지요.
페트루치오　　솔직하게도 대답하시는군요.
캐터리너　　　부인, 잠깐만. 지금 그 말씀은 무슨 뜻이에요?
미망인　　　　글쎄, 페트루치오 씨를 보니 생각이 나서요.
페트루치오　　날 보니 생각이 나서라니요! 그런 말을 호텐쇼 앞에서 해도 괜찮
　　　　　　　겠어요?
호텐쇼　　　　아니야. 미망인의 말은 너를 보니 그런 말이 생각났다는 뜻이야.
페트루치오　　됐어. 그러면 미망인이 호텐쇼에게 키스해 드리세요.
캐터리너　　　"현기증이 나는 사람은 세상이 돌고 있는 줄로 알지요." 이 말의
　　　　　　　뜻을 좀 얘기해 주세요.
미망인　　　　글쎄, 당신 남편은 말괄량이한테 욕을 보고 계시잖아요. 그래서
　　　　　　　자기의 비참한 심정에 비추어 내 남편의 사정도 그럴 것이라고 생
　　　　　　　각한다는 뜻이에요. 이제 아시겠어요?
캐터리너　　　참 시시하군요.

미망인	그야 당신이 그렇잖아요?
캐터리너	그야 당신에 비하면 난 그렇고 그렇지요.
페트루치오	케이트, 이겨라!
호텐쇼	미망인, 이겨라!
페트루치오	백 마르크 걸겠어. 케이트는 미망인을 쓰러뜨리고 말 거야.
호텐쇼	쓰러뜨리는 건 내가 할 일이야.
페트루치오	네가 할 일이라고? 그 말 참 잘했어. 자, 건배! *(호텐쇼와 건배한다.)*
바프티스타	그레미오 씨, 기지를 속사포같이 쏘아대는 저 사람들을 어떻게 생각해요?
그레미오	정말이지, 멋지게 머리통으로 서로 들이받는군요.
비안카	머리통으로라니요! 하지만 기지가 날쌘 분이라면 머리통으로 들이받는다고 하지 않고 뿔로 들이받는다고 할 거에요.
빈센쇼	아니, 신부가 된 애야, 너까지 기지에 눈을 떴느냐?
비안카	그래요. 하지만 놀라서 눈을 뜬 건 아녜요. 그러니까 금방 또 잠이 들 거예요.
페트루치오	그렇게는 안 될 거요. 이건 처제가 먼저 시작하지 않았어요? 그러니 한두 가지 좀 더 짭짤한 기지를 받아 오지 않을 거요?
비안카	그럼 내가 형부의 새가 되라는 건가요? 난 다른 덤불로 옮겨 가겠어요. 자, 활을 들고 쫓아오세요. 여러분, 모두 잘 오셨어요. *(일어나서 모두에게 인사를 하고 방을 썩 나가버린다. 캐터리너와 미망인이 그 뒤를 따라 퇴장한다.)*
페트루치오	보기 좋게 선수를 당했군. 이봐, 트래니오, 저건 네가 노린 새였어. 하기야 너는 맞히지 못했지만. 자, 그러니 맞힌 사람이나 못 맞힌 사람 모두를 위해서 건배합시다.

트래니오	아, 그거야 루센쇼 씨가 저를 사냥개처럼 풀어 놓았기 때문에 저는 뛰어가서 주인님을 위해 사냥을 해온 셈이지요.
페트루치오	참으로 날쌘 비유 솜씨로군. 하지만 좀 치사해.
트래니오	하지만 당신은 손수 사냥을 했지만 자기 암사슴한테 몰리고 계신 모양이던데요.
바프티스타	아이고, 페트루치오! 넌 트래니오에게 한 대 얻어맞아어.
루센쇼	트래니오, 멋지게 복수해줘서 고마워.
호텐쇼	이젠 손을 들어, 손을 들라고. 정통으로 얻어맞았잖아?
페트루치오	약간 할퀴었다고나 해두지. 그런데 나를 겨냥한 그 농담이 빗나가서 곧장 너희 두 사람을 찌른 걸 너희는 모르고 있군 그래.
바프티스타	이봐, 페트루치오, 섭섭한 이야기지만 너는 세상에 둘도 없이 지독한 말괄량이를 얻어 갔어.
페트루치오	절대로 그렇지 않아요. 그 증거로 각자 자기 아내를 불러내 보기로 하자고요. 불러서 금방 나오는 아내가 가장 온순한 아내지요. 그 남편이 우리가 거는 돈을 모두 가지기로 해요.
호텐쇼	좋아. 얼마씩 걸까?
루센쇼	이십 크라운씩.
페트루치오	이십 크라운이라니! 매나 사냥개한테도 그만한 돈은 걸지 않겠어? 아내에 대해서라면 그 이십 배는 걸어야지.
루센쇼	그렇다면 백 크라운으로 하자.
호텐쇼	좋아.
페트루치오	좋아! 그렇게 하지.
호텐쇼	누가 먼저 부르겠어?
루센쇼	내가 먼저 하겠어. 이봐, 비온델로, 가서 네 안주인에게 내가 나오란다고 전해.

비온델로	예.
바프티스타	이봐, 사위, 네가 건 돈의 절반은 내가 책임지겠어. 비안카는 금세 나올 거야.
루센쇼	절반은 싫어요. 내가 전부 책임지겠어요. *(비온델로가 돌아온다.)* 아, 돌아왔군! 뭐라고 하던가?
비온델로	예, 안주인 말씀이 지금은 바빠서 나갈 수가 없다고 했어요.
페트루치오	아! 바쁘다고, 그래서 나올 수 없다고! 그게 네 안주인의 대답이지?
그레미오	아, 여간 친절한 대답이 아니로군. 제발 당신 아내한테서는 그보다 더 나쁜 대답이나 받지 않도록 하느님께 기도나 드리라고요.
페트루치오	난 그보다는 더 좋은 대답을 받을 거요.
호텐쇼	이봐, 비온델로, 가서 내 아내에게 곧 좀 오시라고 전해. *(비온델로가 퇴장한다.)*
페트루치오	맙소사! 오시라고라니! 그렇게 간청해야만 겨우 나오시겠군.
호텐쇼	미안한 말이지만, 네 아내는 간청을 해도 안 나올 거야. *(비온델로가 돌아온다.)* 이봐, 내 아내는 어떻게 됐어?
비온델로	당신이 뭔가 장난을 꾸미고 계신 것 같아서 나오시지 않겠다고 했어요. 오히려 당신이 안으로 들어오라고 하시더군요.
페트루치오	갈수록 태산이로군. 그러니까 나오시지 않겠다 이 말이지! 제기랄, 이래서야 어디 참을 수 있겠나 말이야! 이봐, 그루미오, 너 가서 내 아내에게 나의 명령이니 이리 나오라고 전해. *(그루미오가 퇴장한다.)*
호텐쇼	대답은 뻔해.
페트루치오	뭐라고?
호텐쇼	싫다는 대답이 뻔하다 이거야.

페트루치오 내 경우가 더 나쁘다면 볼 장 다 본 거지. *(이때 캐터리너가 문에 나타난다.)*

바프티스타 아니, 이거 캐터리너가 나오다니!

캐터리너 무슨 일로 저를 부르셨어요?

페트루치오 비안카는 지금 어디 있지? 그리고 호텐쇼의 부인은?

캐터리너 난로 곁에서 수다를 떨고 있는 중이에요.

페트루치오 가서 이리 불러와. 오지 않겠다고 한다면 때려서라도 자기 남편들 앞에 끌고 오란 말이야. 자, 빨리 가서 당장 데리고 오니까. *(캐터리너가 퇴장한다.)*

루센쇼 기적이 있다면 이거야말로 정말 기적이야.

호텐쇼 정말 그렇군. 그런데 이건 무슨 징조일까?

페트루치오 이거야말로 평화의 징조, 사랑의 징조, 평온한 생활의 징조야. 위엄 있는 지배, 올바른 지배권의 징조라고. 한 마디로 이건 다른 게 아니라 사랑과 행복이지 뭐겠어?

바프티스타 아, 이봐, 페트루치오! 행복을 고이 간직하라고! 판돈은 네가 땄어. 나도 이천 크라운을 더 보태 주겠어. 새 사람이 된 딸에게 새로운 지참금을 주는 거야. 글쎄, 저 애가 전혀 딴 사람으로 변했으니 말이야.

페트루치오 아니, 난 내기에 이긴 것에다 덧붙여서 내 아내의 순종과 새로 지니게 된 정숙함을 보여 드리겠어요.

🌸 *캐터리너가 비안카와 미망인을 데리고 등장한다.*

페트루치오 저것 봐. 고집쟁이 아내들을 여자다운 설복을 통해 포로로 삼아서 데리고 오잖아. 여보, 케터리너, 당신 모자는 어울리지 않아. 자, 그 장난감 같은 걸 벗어서 발로 짓밟아 버려. *(캐터리너가 그렇게 한다.)*

미망인 어머나, 이런 엉터리 수작을 하려고 일부러 불러냈어요? 난 여태껏 이런 바보짓은 처음 봤어요.

비안카 쳇! 미련하게 이렇게 불러내 가지고, 그래, 어쩌자는 거예요?

루센쇼 당신이 좀 미련했더라면 좋았을 거야. 당신이 섣불리 약게 군 덕분에 저녁 식사 뒤에 난 백 크라운이나 손해 봤다고.

비안카 나를 미끼로 내기를 걸다니 당신은 더욱 미련하군요.

페트루치오 이봐, 캐터리너, 이 완고한 부인들에게 얘기해 주라고. 아내가 남편에게 어떻게 해야 마땅한지 말이야.

미망인 아니, 사람을 조롱하시는 건가요? 그런 얘기는 듣고 싶지 않아요.

페트루치오 자, 얘기해 주라니까. 이 부인에게 먼저 해줘.

미망인 누가 들어 준대요?

페트루치오 글쎄, 얘기해 주라니까. 이 부인에게 먼저 해줘.

캐터리너 아, 그 험상궂은 이맛살은 펴고 그렇게 멸시의 눈초리로 쏘아보지는 마세요. 그건 자기 남편을 상처 내 주는 짓이에요. 임금이며 지배자인 자기 남편을 말이에요. 그뿐 아니라 서리가 목장을 망치듯이 자기 자신의 미를 망치는 짓이며, 회오리바람이 아름다운 꽃봉오리를 뒤흔들어 놓듯이 자기 이름을 더럽히는 짓이지요. 어느 모로 보나 좋지 않고 상냥한 얼굴도 아니지요. 성난 여자는 흐린 샘물 같다고나 할까, 진흙탕이고, 보기 흉하고, 탁하고, 아름다움도 사라지고, 그래서 아무리 갈증이 심하고 목이 타는 남자라 해도 감히 마실 생각이나 손 댈 생각은 하지 않을 테지요. 남편은 우리의 주인, 우리의 생명, 우리의 수호자, 우리의 머리, 우리의 군주라고요. 글쎄, 아내를 위해 걱정하고, 아내를 편하게 해주려는 생각으로 바다에서나 육지에서나 뼈아프게 일을 하잖아요. 태풍이 몰아치는 밤이나 혹한에도 잠을 자지 않잖아요. 그 덕분에 우리는 집에서 안심하고 아늑하게 누워 있을 수 있는 거예요. 그러나 남편은 아내한테서 사랑과 여성다운 얼굴과 진실한 순종 이외에는 다른 공물을 바라지 않아요. 그렇게도 큰 빚에 비하면 지불은 참으로 하찮아요. 신하가 군주에 대해서 진 의무, 그것이 곧 아내 된 사람의 남편에 대한 의무라고나 할까요? 그렇다면 아내가 고집을 부리고, 짜증을 내고, 시무룩해 하고, 불쾌한 얼굴을 하고, 그리고 남편의 착한 의사에 반항한다면, 그러한 아내는 사악한 반역자, 인자한 군주에게 반역을 꾀하는 배은망덕의 무리가 아니고 뭘까요? 평화를 간청하려고 무릎을 꿇어야 할 경우에 감히 선전포고를 하거나, 사랑과 순종으로 봉사해야 할 경우에 지배권이나 권력을 요구하는 것은 여자로서 어리석고 창피한 노릇이에요. 왜 여자의 육체는 연약하고 살결은 부드럽고 매끄러우며 세상의 고된 일에는 적합하지 않을까요? 역시 우리들의 특성과 마음이 부드러워서 그렇게 육체적 조건과 일치하는 것이 아닐까요? 자, 자, 이 무능력한 고집쟁이들이여! 나도 처음에는 당신들과 마찬가지로 교만하고 고집이 세며, 말에는 말로, 고집에는 고집으로 대하고는 했어요. 하지만 마침내 깨닫고 보니 여자의 창이란 지푸라기와 같고, 여자의 힘은 약하며, 그것도 비할 나위도 없이 연약해요. 아무리 강한 척해 봤자 역시 약하기 짝이 없어요. 그러니 어서 오만을 버리세요. 그런 건 쓸데없으니까요. 그리고 남편의 발밑에 손을 놓으세요. 남편이 원한다면 나는 순종의 증거로 언제든지 남편 앞에 엎드리겠어요.

페트루치오	암, 그래야지! 자, 키스해 줘, 케이트.
루센쇼	실컷 재미 보라고. 승리는 네 것이야.
빈센쇼	말 잘 듣는 아이들한테는 참 좋은 얘기야.
루센쇼	하지만 고집 센 여자들에게는 귀에 거슬릴 거요.
페트루치오	자, 케이트, 우린 잠을 자러 가요. 우리 세 사람이 결혼했지만, 너희 두 명은 낙제야. *(루센쇼에게)* 너는 과녁의 변두리를 쏘아 맞힌 셈이고 우승자는 나라고! 자, 나는 승리자답게 물러가 봐야지. 그럼, 모두 안녕히 주무세요!
호텐쇼	그럼 가서 재미 봐라. 넌 지독한 말괄량이를 길들였어.
루센쇼	이건 정말 기적이야. 실례의 말이지만 저렇게 순한 여자로 길들여지다니. *(모두 퇴장한다.)*

캐터리너 : 나는 순종의 증거로 언제든지 남편 앞에 엎드리겠어요.

셰익스피어 인물 소개

셰익스피어의 생애 · 160
셰익스피어는 실존 인물인가? · 175
셰익스피어의 연표 · 179

셰익스피어의 생애

우리가 알고 있는 셰익스피어의 생애는 그의 작품 세계와도 일치한다. 현실적 사고방식에 근거한 그의 천재적인 상상은 낭만적인 환상보다 월등히 높은 차원을 날고 있다. 일리저베드 시대의 전기관(傳記觀)으로 보든지, 또는 당시 극작가의 미천한 사회적 위치라는 점에서 보든지, 셰익스피어는 비교적 놀라울 만큼 풍부한 전기의 자료를 남겨두고 있다. 첫째 교회나 관공서, 궁정 등에 남아 있는 기록, 둘째 동시대인들이 셰익스피어에 대해서 언급한 기록, 셋째 지금까지 전해져 내려온 전설 등이다. 하지만 무엇보다도 그의 작품이 가장 주요한 자료가 될 것이다. 이것은 다른 작가들의 경우처럼 작품 안에 자서전적인 요소가 들어있다는 뜻이 아니라, 그의 작품 전체를 일관하여 흐르고 있는 셰익스피어의 정신. 또는 그의 내면적인 상(橡)을 작품에서 가장 잘 나타내고 있다는 뜻이다.

유년시대

윌리엄 셰익스피어는 1564년 4월 26일 스트래트퍼드 온에이븐 교회에서 세례를 받았다. 당시 세례에 얽힌 사항들로 미루어 볼 때 그의 탄생 날짜는 23일로 추측되고 있다. 그의 죽음의 날짜 또한 공교롭게도 1616년 4월 23일이었다. 그의 아버지 존 셰익스피어는 다른 고장에서 이사를 와서 이 고장에서 잡화상, 푸주, 양모상 등을 경영하여 부유해졌다. 사회적 지위도 시의 재무관과 시장까지 지낸 바 있었다. 그의 아버지는 부(富)와 출세를 겸한 인물로, 슬하에 자녀를 여덟 명이나 두었다. 그 셋째가 윌리엄 셰익스피어이다. 그의 교육과정은 고장 그래머 스쿨을 채 끝마치지 못한 채 오학년 과정에서 중퇴했다고 추측하고 있다. 셰익스피어가 그래머 스쿨조차 모두 마치지 못한 이유는 집안 형편이 어려워 진 탓으로 본다. 시인 벤 존슨은 후일 셰익스피어를 가리켜 '라틴어를 겨우 조금 알고, 그리스어는 거의 모르는 사람'이라고 평한 바 있다. 그러나 셰익스피어는 문법학교에서 익힌 라틴어를 토대로 라틴의 고전들을 충분히 읽어 낼 만큼 총명하고 민첩한 두뇌의 소유자였다.

셰익스피어의 아버지 존은 시장 시절에 서명(署名)을 클로버 잎으로 대신했다고 한다. 그것은 그가 무학(無學)이었던 탓이라고 보는 학자들도 있지만, 아무튼 그의 경력은 여러 가지로 드라마틱하다. 그의 가문의 쇠퇴는 당시 국내의 격동하는 정치 정세 때문일 것이라는 설이 있다. 존은 경건한 가톨릭 신자였다. 그러던 것이 헨리 8세가 성공회(聖公會)를 내세워 종교개혁을 하는 바람에 가톨릭교도는 타격을 받지 않을 수 없게 되었다. 아마 가정의 이러한 몰락에 자극받아 출세를 위해 셰익스피어는 런던으로 상경했을지도 모른다. 이러한 이유로 부모의 신앙과 관련하여 셰익스피어 개인의 신앙은 과연 가톨릭이었겠느냐, 신교이었겠느냐, 무신론자였겠느냐 하는 논쟁이 자연히 열을 띠게 되었다.

이 고장에는 대학에 진학한 자제들이며 대학 출신의 지식인들도 상당수 있었다. 셰익스피어는 문법학교를 중퇴하게 되자, 어느 변호사의 법률 사무소 서기로 취직했다고 보는 견해가 있다. 머리가 명석한 셰익스피어는 아마 이 서기 시절에 법률 서적을 맹렬히 읽었을 것이다. 예민한 관찰력과 정확한 판단력을 가지고 그는 인위적인 법률의 부조리를 간파했을는지도 모른다. 후일 그의 사극이나 비극에서 전개되는 권력 투쟁의 세계는 이미 이 무렵부터 어렴풋이 그의 뇌리에 어른거렸을는지도 모른다. 《헨리 6세》 제2부에서 재크 케이드 일당의 폭도들은 "법률가를 죽여 버려라!"고 외친다. 이 시골 도시의 장서를 가지고는 셰익스피어의 독서열은 도저히 충족될 수 없는 일이었겠지만, 그래도 그는 《성서》, 홀린셰드의 《사기(史記)》, 《오비드》 등의 라틴 고전 문학에 접할 수 있었을 것이다. 셰익스피어는 한 번 읽은 것은 차곡차곡 뇌리에 축적해 두었다가 필요할 때는 누에가 실을 뽑아내듯이 독서에서 얻은 지식을 언제든지 재생해낼 수 있는 비상한 머리를 가진 사람이었다.

결혼생활

셰익스피어는 1582년 11월 28일 스트래트퍼드의 서쪽 약 1마일 지점에 있는 쇼터리 마을의 지체 있는 한 부농(富農)의 딸인 앤 해서웨이와 결혼했다. 그때 그는 열여덟 살, 신부는 여덟 살 위인 스물여섯이었다. 결혼한 지 5개월 후인 1583년 5월 23일에 큰딸 스잔나가 태어났고, 1585년 2월에는 쌍둥이가 태어났다. 장남 함네트와 둘째 딸 주디스다. 셰익스피어의 결혼생활에 대한 기록은 여기서 일단 중단되어 있다. 셰익스피어의 결혼에 대해서는 논쟁이 분분하지만 이들 부부의 결혼생활은 부자연스럽기보다도 자연스러운 듯싶다. 대개 젊은 청년이 연상의 여성을 사랑할 때 불행으로 끝나게 마련이지만 이 결혼은 성

취된 것이다. 로미오와 줄리엣의 경우처럼 풋내기 젊은 남녀의 불꽃이나 유성 같이 눈 깜박할 사이에 사라져 버리고 마는 사랑이 오히려 부자연스러운지도 모른다. 로미오와 줄리엣의 사랑은 셰익스피어와 앤과의 현실적인 사랑의 역설인지도 모른다. 대개 남성은 그 심층 심리에 모성에 대한 영원한 동경을 간직하고 있다고 한다. 햄릿의 경우가 아마 그러하다 하겠다. 예술적인 천재를 지닌 셰익스피어는 이 본능에 있어서 또한 남달리 강렬했음을 보여 주고 있다. 셰익스피어의 결혼생활이 불행했으리라고 논증하는 학자들이 더러 있지만, 반드시 그렇지만은 않았을 것이다.

그후 1592년, 당시의 대(大)극작가 로버트 그린이 한 푼 없이 비참하게 여인숙에서 죽어 가면서 동료에게 보낸 서한에 다음과 같은 구절이 있다. '우리의 깃으로 단장을 한 한 마리의 까마귀 새끼가 벼락출세를 해가지고, 당신네들 누구에 못지않게 무운시(無韻詩)를 잘할 수 있다고 망상하고 있다. 그뿐 아니라 그자는 온통 자기만이 천하를 셰익 신(振動 shake-scene)케 하고 있는 듯 몽상하고 있다.' 이 구절 중 천하를 진동시킨다는 뜻으로 쓰여진 셰익 신은 셰익스피어의 이름자와 관련된 풍자인 것으로 해석되고 있다. 이 글은 갑자기 런던에 혜성같이 나타나서 연극계를 주름잡기 시작한 초기 셰익스피어의 모습이 엿보이지만, 그는 이렇듯 런던에서 비우호적으로 받아들여졌던 것이다.

그러면 고향에서 기록이 중단된 후, 그린의 이 서한이 나오기까지 약 7년간 그는 대체 어디서 무엇을 했을까? 여기서는 각가지 전설적인 얘기며 추측 등이 전해져 내려오고 있다. 스트래트퍼드의 귀족 루시 경의 숲에서 밀렵(密獵)한 죄로 벌을 받자 셰익스피어는 루시 경을 풍자하는 시구의 방(榜)을 내 붙였다가 끝내는 고향에 있지 못하게 되었다든가, 잠시 이웃 마을의 어느 귀족의 집에서 가정교사를 했을 것이라든가, 이 고장에 찾아온 순회공연 극단을 따라 런던으로 상경했으리라든가….

습작기

런던의 연극계에 발을 들여 놓은 셰익스피어는 직책의 선택 여부가 있을 수 없었다. 그는 우선 〈레스터 백작 소속 극단〉에 취직하여 처음에는 관객이 타고 온 말을 보관하는 말지기 역할을 맡아 보았다. ≪맥베드≫에서 밤중 문지기의 훌륭한 대사는 이 시절의 생생한 체험이었는지도 모른다. 그러나 이 무렵 그의 직책은 비록 말지기였으나 극단의 일원으로 가끔 극에 관여할 기회가 있었다. 그는 그런 기회를 잘 이용하여 재능을 인정받아 배우로 등용되었다. 그러나 배우로서의 셰익스피어는 그리 뛰어나지 못했던 것 같다. 후일에도 ≪햄릿≫의 유령 역이나 ≪뜻대로 하세요≫의 애덤 노인 역 등 단역으로 출연했다고 전해진다.

셰익스피어는 극단 전속 작가가 되었다. 당시 극단 전속 작가란 대개 타인의 인기 있는 작품을 개작이나 하는 직책이었다. 일종의 표절이었다. 그러나 당시에는 표절판이 가능할 정도로 판권이 보장되어 있지 않았기 때문에, 타인의 작품을 아무런 구애도 없이 어떠한 형태로든지 개작할 수 있었다.

런던에 상경한 셰익스피어는 〈레스터 백작 소속 극단〉에 발을 들여놓은 후로 이윽고 〈스트레인지 남작 소속 극단〉, 〈궁내 대신 소속 극단〉, 〈국왕 소속 극단〉 등의 일원으로 '극장(劇場 The Theatre)'에서 활동하게 된다. 극장은 런던 시 외곽 북쪽 변두리에 1576년에 세워진 건물이다. 셰익스피어가 소속한 극단은 1599년부터 런던 시의 남쪽 템즈강 건너에 세워진 〈글로브 극장〉에서 활동하게 된다.

그린의 비우호적인 1592년의 기록과는 달리, 1598년 프랜시스 미어즈라는 젊은 학자는 ≪지식의 보고(寶庫)≫라는 책자에서 셰익스피어의 몇몇 극을 관람한 사실을 들어 격찬을 아끼지 않고 있다. 그가 관람했다는 극 중에는 다음 작품들이 열거되어 있다. ≪베로나의 두 신사≫, ≪착오 희극≫, ≪사랑의 헛수고≫, ≪사랑의 수고의 보람(이것은 셰익스피어의 어느 극을 두고 말한 것인지 알 수 없다)≫, ≪한여름 밤의 꿈≫, ≪베니스의 상인≫, ≪리처드 2세≫, ≪리처드 3세≫, ≪헨리 4세≫, ≪존 왕≫, ≪타이터스 앤드로니커스≫, ≪로미오와 줄리엣≫ 등. 이 기록으로 보아 셰익스피어는 초기에 이미 사극, 희극, 비극에 모조리 손을 댄 것이 된다.

그가 최초로 제작한 사극 ≪헨리 6세≫ 제 1, 2, 3부(1590~1592)와 ≪리처드 3세≫(1592~1593), 이 네 편의 사극은 하나의 체계를 이루고, 왕권을 에워싼 귀족들의 갈등에 의한 질서와 무질서의 대립이 빚어내는 국가의 혼란과 불안, 권불십년(權不十年), 인과응보 등의 외적인 양상이 추구되고 있다. 이 시기의 단한 편의 비극인 ≪타이터스 앤드로니커스≫(1593~1594)는 당시 유행이던 유혈 복수의 비극에 있어서도 토머스 키드와 같은 선배 극작가의 '스페인 비극'을 능가하고 있음을 실증해 주고 있다.

이 습작기에 셰익스피어는 희극에 있어서도 솜씨를 발휘하기 시작했다. ≪착오 희극≫ (1592~1593)을 비롯하여 ≪말괄량이 길들이기≫(1593~1594), ≪베로나의 두 신사≫(1594~1595), ≪사랑의 헛수고≫(1594~1595) 등이 그것들이다. 이 초기 희극들은 현실 세계와 낭만 세계를 차례로 전개시켜 본 희극들이다. 이 두 개의 세계는 교체성장(交替成長)하여 다음 시기의 ≪한여름 밤의 꿈≫(1595~1596)을 계기로 완전히 융합되어, 제 2기의 로맨틱 코미디(浪漫喜劇)라는 새로운 희극이 탄생하게 된다.

이 무렵 또한 그는 장편의 이야기 시 ≪비너스와 아도니스≫(1593년 출판)와 ≪루크리스의 능욕≫(1594년 출판)을 이미 친밀히 교제하게 된 유력한 귀족 청년 사우샘프턴 백작에게 바친 바 있다. 그의 ≪소네프 집(集)≫ 또한 이 무렵에 쓰여 진 듯하다. 그의 습작기는 동갑인 말로 Marlowe의 영향을 받았다. 그러나 그의 희극들의 탄생으로 그는 이미 말로의 영역을 초월하게 되었다. 만인(萬人)의 마음을 가진 셰익스피어는 고귀한 정신의 상승과 몰락의 묘사에 그치지 않았으며, 컴컴한 고독이나 비극만을 추구하지도 않았다. 그는 인생의 즐거운 면에도 주목했다. 초기의 희극들은 벌써 인생의 밝은 면, 즐거운 면에 눈길을 돌린 증거이다.

셰익스피어의 습작기가 끝날 무렵에 그의 선배 작가이자 경쟁 작가들인 '대학재파(大學才派)'의 극작가들은 그린(1592년)이나 키드(1594년) 같이 빈곤 속에 비참하게 세상을 떠나거나 또는 말로(1593년) 같이 정치 음모로 암살되는 등, 그 밖의 대학재파들도 모두 비참하게 연극계를 떠나게 되었다. 오늘 날 문학사에 남은 대학재파들은 7~8명밖에 안되지만, 당시 실제 활동한 대학재파들은 20명 전후가 되지 않았나 싶다. 그들은 모두 셰익스피어에게 호의를 갖지 않은 경쟁 작가들이다. 그것은 셰익스피어가 굉장히 많은 수나 양을 나타내는 것의 이미지로 20(Twenty)을 사용하고 있는데, 이 20이란 숫자의 이미지는 그의 전 작품을 통해 150회나 사용되고 있다. 이와 같은 이미지는 그의 20명의 경쟁 작가가 무한히 많은 숫자로 여겨진 데서 온 것인지도 모른다.

발전기

셰익스피어는 제 2기에 접어들면서 그의 집념이었던 비극을 시도하였다. 그의 최대 관심인 사랑을 주제로 한 ≪로미오와 줄리엣≫(1594~1595)이 그것이다. 그러나 이 극은 아직 그의 역량을 가지고는 성격 창조에까지 미치지는 못하고 그 아름다운 서정성에도 불구하고 한낱 운명 비극으로 그친다. 그의 이 시기는 사극의 체계가 매듭지어지고, 로맨틱 코미디가 완성된 시기이기도 하다.

이와 같은 보람찬 작품 제작과 더불어 그의 주변 또한 활발한 양상을 보여 준다. 기록에 의하면, 당시 런던에서는 매년 되풀이되다시피 여름철에는 전염병이 창궐했다고 한다. 당시 런던은 인구 20만 내외의 도시였는데, 그런 전염병이 한 번 휩쓰는 날이면 인구의 십 분의 일이 죽어 없어질 정도로 전염병은 위세를 떨쳤다고 한다. 전염병이 창궐하면, 그렇잖아도 우범지대로 여겨지던 극장이었으니까, 극장은 폐쇄되고 극단은 지방 순회공연에 나섰다. 우리는 ≪햄릿≫에서 그런 지방 순회 극단의 경우를 볼 수 있다. 셰익스피어가 소속한 극단은 비교적 큰 극단이었기 때문에 전속 극작가인 셰익스피어는 지방 순회에 동행하지 않고 전염병을 피하여 고향에 돌아가 있었으리라고 생각된다.

셰익스피어가 발전기인 제 2기에 사극의 체계를 매듭짓고 낭만 희극을 완성했음은 앞에서 밝힌 바와 같다. ≪리처드 2세≫(1595~1596), ≪헨리 4세≫ 제 1, 2부(1597~1598), ≪헨리 5세≫(1598~1599), 이 네 편의 사극은 셰익스피어의 이른바 제 2군(群)의 사극으로 제 1군의 사극과 마찬가지로 질서와 무질서의 대결이 전개된다. 제 1군의 사극에서 벌어지는 장미 전쟁의 치욕적인 역사의 원인으로 파악되고 있다.

군왕의 자질이 결여된 리처드 2세는 권모 술수가이자 기회주의자인 그의 사촌 헨리 볼링블루크에 의해 왕위를 찬탈 당한다. 헨리 볼링브루크는 왕위를 찬탈하여 헨리 4세가 된다. 헨리 4세는 왕위를 불법적으로 탈권한 죄의식에 일생을 두고 정신적으로 시달림을 받으며 내란은 끊이지 않는다. 그의 아들 헨리 5세는 내란을 수습하고 프랑스로 출정하여 애진코트의 대승리로 국위를 선양한다. 그러나 그는 요절하고 만다. 그의 아들 헨리 6세가 기저귀를 찬 갓난아이로 등극한다. 헨리 6세 시대에 장미 전쟁이 벌어져서 국가는 아비규환의 수라장으로 변하고 삼십여 년간 국민은 지옥의 고통에 시달린다.

이와 같은 혼란과 혼돈은 제 2군의 사극에서 헨리 4세가 리처드 2세의 정당한 왕권을 불법적으로 찬탈한 데에 기인한 것이라는 인과응보의 인식인 것이다. 제 1군의 사극과 제 2군의 사극을 통하여, 셰익스피어는 무질서의 이면에 영원한 질서와 평화의 존재를 깊이 인식하고 있는 것이다. 우리는 셰익스피어를 르

네상스적 낭만 정신의 기수로 알고 있다. 그러나 한편 그는 그의 사극에서 보여주고 있다시피 중세기의 전통적인 질서 개념을 그의 정신의 밑바닥에 가지고 있었다. 이것 역시 그의 이중 영상, 이원성이라고 하겠다. 이 시기의 ≪존 왕≫(1596)은 8편의 사극과 커다란 질서 체계와는 무관한 고립된 사극이다.

이 시기에 꿈의 세계와 현실을 비로소 완전히 융합시킨 낭만 희극들이 쏟아져 나오게 되는데, 그 첫 낭만 희극 ≪한 여름 밤의 꿈≫은 어떤 귀족의 결혼 축하연을 위해 제작된 것이 분명하다. 셰익스피어의 극이 그의 소속 극단에 의해 일리저베드 여왕이나 제임즈 1세 어전에서 상연되었다는 기록들이 더러 있다. 셰익스피어의 극에는 여왕을 찬양한 구절들이 여기저기 나타나 있고, ≪맥베드≫와 같은 극은 제임즈 1세를 위해 쓰여진 것으로 보이고 있다.

다음의 낭만 희극 ≪베니스의 상인≫(1596~1597)은 그의 극중에서 가장 유명한 극의 하나로, 그 이유는 아마 여기에 등장하는 유대인 고리대금업자 샤일록의 성격 창조 때문일 것이다. 동기야 어떻든 결과적으로 샤일록은 비극적인 인물이 되고 말았다. 낭만 희극을 불구(不具)로 하고 만 셈이다. 그러니 이 극은 비록 유명하긴 하지만 좌절된 낭만 희극이라고 할 수 있다. 재판 장면에서 포셔의 자비론(慈悲論) 또한 유명한 대사이긴 하지만, 이것 역시 그리스도교의 위선의 냄새를 풍기고 있다.

≪헛소동≫(1598~1599)은 낭만극 치고는 당치도 않게 음모, 간계를 주제로 한 극이다. 그 음모는 비극 ≪오델로≫와 같은 성질의 것이다. 그러나 이 극이 비극으로 결말지어지지 않고 행복한 끝을 맺게 되는 것은 아직 작가에 있어 내면적인 폭풍이 휘몰아쳐 오지 않고, 이성과 상식의 정신이 작가의 마음을 지배하고 있는 탓이라 하겠다. ≪뜻대로 하세요≫(1599~1600)는 목가적인 전원극이다. 그러한 그 목가의 이면에는 골육상잔(骨肉相殘)이 도사리고 있다. ≪십이야≫(1599~1600)는 정묘한 낭만 희극이면서도 거기에는 청교도와 당국에 대한 사정없는 풍자가 담겨져 있다. 이렇듯 이상의 모든 낭만 희극들이 즐겁고

명랑한 외관의 밑바닥에 모두가 비극적인 문제점을 안고 있다.

이와 같이 셰익스피어는 즐거움 속에서도 슬픔을 잊지 않았으며, 감미로운 사랑을 맹세할 때도 시간의 잔인한 낫이 그 사랑을 내리치는 소리를 귓전에 아니 들을 수 없었던 것이다. 그의 이중 영상은 점점 심오해져 간다. 특히 현상과 실재 사이의 파행(跛行)의 인식은 더욱 심각해져 간다. 그의 통찰과 인식이 깊어지고 표현 기술이 능숙해지자, 그는 본격적으로 비극의 문제와 씨름을 시작했다. 비극기에 접어들 무렵에 낭만 희극과는 다소 이질적인 ≪윈저의 명랑한 아낙네들≫(1600~1601)이 나왔다. ≪헨리 4세≫ 극에서 활약한 바 있는 근대적 인물 폴스태프의 희극성에 감명을 받은 일리저베드 여왕이 폴스태프가 사랑을 하는 희극을 보여 달라는 요청을 하자, 그 요청에 의해 이 극이 집필되었다고 전해진다. 그러나 이 극에서의 폴스태프는 이미 전날의 생기를 잃고 있다.

🌺 위대성의 개화

셰익스피어의 비극기(悲劇期)는 ≪줄리어스 시저≫(1599)를 가지고 막이 열린다. 고매한 이상을 가진 브루터스는 로마의 독재화를 막기 위해 시저를 쓰러뜨린다. 그러나 냉혹한 정치 세계에서 이상주의는 현실에 패배할 수밖에 없다. 셰익스피어가 비극을 쓰게 된 내적인 동기는 앞에서 언급했지만, 그 동기를 외적으로 추구하는 학자들이 있다.

그것은 에섹스 백작의 실각 사건(1601)이다. 당시 에섹스 백작은 일리저베드 여왕의 궁정에서 정신(廷臣)의 정화(精華)이자 권력의 상징이었다. 그는 또한 여왕의 사촌뻘로 한때는 여왕의 가장 두터운 총애를 받았고, 여왕의 배필 후보자로까지 지목되던 인물이다. 또한 셰익스피어의 후원자 사우샘프턴 백작과

는 친밀한 사이였다. 에섹스 백작은 아일랜드 반란군 진압 사령관으로서의 임무를 다하지 못한 책임에다, 여왕의 시녀와 벌인 연애 사건으로 여왕의 노여움을 사게 되었다. 에섹스 백작은 평소 자신을 리처드 2세를 타도한 헨리 볼링브루크에 비교하고 있었다. 그는 쿠데타를 결심하고, 거사 전날 밤 셰익스피어의 극단으로 하여금 ≪리처드 2세≫를 〈글로브 극장〉에서 상연케 하였다. 그리고 그 이튿날 그는 부하 일당을 거느리고 런던 시내로 몰려 들어가며 시민들의 호응을 기대했다. 그러나 시민들은 아무런 반응이 없었고 그의 거사는 실패로 돌아갔다. 그로 인해 그는 사형을 선고받았다. 여기에는 그의 강력한 정적(政敵) 로버트 세실의 작용도 있었다. 에섹스 백작은 이제 형장의 이슬로 사라지고, 그의 친한 친구이자 셰익스피어의 후원자인 사우샘프턴 백작도 실각하게 된다.

 거사 전날 밤 ≪리처드 2세≫를 〈글로브 극장〉에서 상연한 일로 해서 셰익스피어의 극단도 당국으로부터 문책을 받게 되었으나, 별 탈은 없었다. 천하를 주름잡던 세도가가 갑자기 실각하고 만 것이 셰익스피어에게는 과연 어떻게 비쳤을까? 더구나 실각의 주인공은 그의 친지였으니 말이다. 에섹스 백작의 모반 사건은 1601년 셰익스피어가 서른일곱 살 때의 일이었다. 당시 크고 작은 쿠데다 사건은 끊임없이 일어났다. 유대인 의사 로페츠의 여왕 암살 음모 사건은 ≪베니스의 상인≫ 샤일록에 암시되어 있고, 의사당 폭파 사건은 ≪맥베드≫의 문지기의 대사에서 언급되고 있다. 이와 같이 셰익스피어의 작품에는 당시 시사적인 사건이며, 관습적인 일 등이 여러 곳에서 언급되고 있다.

 오늘 날 역사적 비평은 그런 문제들을 샅샅이 해명하고 있다. 일리저베드 여왕은 국민과 일치할 수 있는 위대한 영도자였으며 이 시대에 영국이 비약적인 발전을 한 것은 사실이지만, 당시 종교 문제, 대외 문제, 여왕 후계자 문제 등 전진을 위한 진통이 필연적인 현상으로 크고 작은 반역 사건이 잇달아 일어났다. 따라서 확고한 안정이 요청되었으므로 여왕은 정권을 유지하기 위해 에섹스 백작의 경우와 마찬가지로 무자비한 숙청을 하지 않을 수 없었다. 당시 역적의 죄목 아래 교수대의 제물이 된 고관대작들은 부지기수였다. 맥베드가 덩컨 왕을 암살하고 나오는 장면에서 피가 낭자한 자기 손을 보고 '이 망나니의 손'이라고 한 구절이 있다. 당시 사형 집행관은 교수대에서 죄수를 처형하고 나면 곧 시체의 배를 단도로 갈라 내장을 사방에 뿌리는 관습이 있었다. 어떤 사형집행관은 그 솜씨가 어떻게나 익숙했던지 사형 직후 시체에서 염통을 도려냈을 때 그 염통이 그대로 고동치고 있었다고 한다. 사형 집행관들의 솜씨가 이 경지에 도달할 만큼 역적의 처형이 잦았던 것이다. 그리고 역적의 머리는 런던 탑 위에 내걸려졌다. 셰익스피어는 이들의 죽음에 심적인 타격을 입은 바 있다. 그래서 이들의 죽음과 엑섹스 백작의 실각 등을 그의 비극기의 외적 동기로 보는 학자들이 있다.

그의 비극기에는 세 편의 희극 ≪트로일러스와 크레시더≫, ≪끝이 좋으면 다 좋다≫, ≪이척 보척≫ 등이 있다. 이 희극들은 초기 희극, 제 2기의 낭만 희극들과는 전혀 다른 어두운 희극들이다. 학자들은 근래에 이 희극을 '문제극'이라고 이름을 붙였다. ≪트로일러스와 크레시더≫(1601~1602)는 배신과 혼란이 주제가 된다. 문제는 미해결의 장(章)으로 남을 뿐 아니라 뒷맛이 씁쓸하고 개운치 않은, 이름만의 희극이다. 또한 이 극은 당시 영국의 신구(新舊) 두 사상이 소용돌이치던 세태의 일면을 보여 준다. ≪끝이 좋으면 다 좋다≫(1602~1603)는 그 제목이 말하는 바와 같이 끝만이 해피엔딩으로 끝나는 역시 씁쓸한 희극이다. 사랑을 위해 간계의 수단이 이용되는 희극이다. ≪이척 보척≫(1604~1605)은 부패와 위선의 악취가 코를 찌르는 희극이다. 이 세 편의 희극들은 모두 비극의 비전에서 쓰인 것이며, 작가가 다만 끝맺음만을 희극으로 맺은 것이다.

셰익스피어의 대비극에는 왕후 귀족 등 위대한 인물들이 등장한다. 그리고 그 비극은 주인공들의 성격 결함에 의한 내적 갈등이 보다 큰 비중을 차지한다. 이들 성격 비극은 ≪로미오와 줄리엣≫이나 '그리스 비극' 등의 운명 비극과는 차원이 다른 것이다. 게다가 그 주제는 제왕의 이미지를 요란스럽게 울려댄다. 거기에는 국가 사회 질서의 파괴와 그 회복이라는 거대한 전제가 있기 마련이다. 실체와 외관은 깊이 통찰되고 이중 영상은 심오하리만큼 입체적, 동적이다.

≪햄릿≫(1600~1601)은 너무나도 유명한 극이다. 이 극의 주인공은 앞서 논한 엑섹스 백작과도 일맥상통하는 점을 가지고 있다. 이 극에서도 인간 본질의 이원성이 여실히 파헤쳐지고 있다. 이성과 감정, 망상과 행동, 천사와 악마, 판단력과 피의 복수 등 작가의 이중 영상이 다각도로 표현된 작품이다. ≪오델로≫(1604)는 대비극들 중에서도 그 배경 설정이 특이한 극이다. 주인공들의 운명과 국가 사회의 운명과는 무관하다. 가정 비극으로 신의와 질투와 음모를 주제로 한 비극이다. ≪리어 왕≫(1605)은 망은, 배신, 분노 등을 주제로 한 엄청나게 거대한 비극이다. ≪맥베드≫(1606)는 시역자(弑逆者), 악인이 겪는 심적 고통을 그린 악몽의 비극이다. 같은 악인이라도 리처드 3세는 맥베드와 같은 심적 고통은 겪지 않고 악을 실컷 발휘한 후, 그저 절망 속에 죽을 뿐이다. 맥베드 또한 절망 속에 죽는다. 다른 비극의 주인공들이 영혼의 구원을 받고 죽는데 반해 맥베드는 절망 속에 죽는다. 이보다 비참한 비극은 없을 것이다.

≪엔토니와 클레오파트라≫(1606~1607)와 ≪코리올레이너스≫(1607)는 ≪줄리어스 시저≫와 더불어 로마사에 의거한 사극들이다. ≪엔토니와 클레오파트라≫는 거의 우주적인 규모의 초월적인 인간주의가 전개되는 대비극이다. ≪코리올레이너스≫는 취약한 또는 위선적인 애국심을 바탕으로 한 거인의 비극에다 군중의 가공할 힘을 엿보여 주고 있다. ≪아테네의 타이먼≫(1607~1608)은 '리어 왕'과 쌍둥이로 그 사산아로 보여질 만큼 주인공의 인간 혐오와 반응의 주제는 자못 시니컬하다.

1607년 6월 5일 셰익스피어는 고향에 돌아왔다. 장녀 스잔나는 유능한 의사

존 홀과 결혼했다. 1608년 2월 7일에는 외손녀 일리저베드의 탄생을 보았다. 이 무렵 영국의 극장은 종래의 노천극장보다 옥내 소극장으로 그 취향이 변해 갔다. 셰익스피어 극단은 이미 오래전부터 블랙프라이어즈 옥내 소극장에서 겨울철이나, 야간이나, 우천에도 귀족 등 소수의 상류 계급 관객들을 상대로 공연을 하고 있었다.

만년

셰익스피어가 만년에 정착한 곳은 로맨스였다. 낭만극은 이 무렵의 조류이기도 했다. 그의 낭만극은 모두 다 음모, 배신에 의한 혈육의 이산(離散)으로부터 재회와 상봉, 그리고 관용과 화해를 주제로 한 것이었다. ≪페리클리즈≫(1608~1609), ≪심벨린≫(1609~1610), ≪겨울 이야기≫(1610~1611) 등은 모두 혈육의 상봉과 관용의 극들이다. 마지막 로맨스 ≪태풍≫(1611~1612)의 주인공이 마의 지팡이를 바닷속에 버리고 귀향하는 모습은 극작의 영필을 버리고 귀향하

는 작가 자신을 연상케 한다. 비극으로부터 낭만극으로의 변천을 두고 셰익스피어 자신이 신교로 귀의했다고 논하는 상징주의적 해석도 있다. 이제 비극 시대와 같은 고뇌와 부조리는 가서지고 신에게 귀의한 종교적 신앙의 은총이 유난히 돋보이게 된다. 마지막의 또 한편의 고립된 사극 ≪헨리 8세≫(1612~1613)는 합작설이 유력하다.

셰익스피어는 젊어서부터 건실하고 실리적인 경제관념을 가지고 있었다. 그의 생활 태도에는 절도가 있었으며, 성품은 온화하고 언행이 일치했으며, 은퇴할 무렵에는 고향에서 생활이 윤택했으며, 은퇴한 후에도 가끔 런던을 방문한 듯하다. 그의 은퇴 후, 벤 존슨이 영국 최초의 계관시인이 된 것을 축하하며 몇몇 친구들과 스트래트퍼드에서 만나서 주연을 가진 후 셰익스피어는 발병하여 52세에 사망하였다. 그의 기일은 1616년 4월 23일이다. 유해는 고향의 홀리 트리니티 교회 가장 안쪽에 가족들의 유해와 함께 잠들어 있다.

셰익스피어는 실존 인물인가?

셰익스피어의 전기 기록은 당시 문인의 사회적 지위로 비추어 볼 때 놀라울 만큼 풍부한 셈이다. 정통파 학설은 스트래트퍼드 출신의 극작가 셰익스피어를 믿어 의심치 않지만, 일부 저널리즘 계통으로부터 심심찮게 그의 생애에 관해 이설이 제시되고 있다. 독자들의 오해를 풀기 위해 이설의 정체를 간단히 소개해 두겠다.

그 하나는 1759년 어떤 광대극의 다음과 같은 대사에서 비롯된다. '셰익스피어의 저자는 벤 존슨이다.', '아니다, 그것은 피니스(Finis)이다. 그의 전집 맨 끝에 그렇게 적혀 있지 않더냐?', 이와 같은 웃지 못할 대사가 있지만, 이로부터 약 백 년 후 셰익스피어의 저자는 프랜시스 베이컨(Francis Bacon)이라는 이설이 심각하게 대두되기 시작했다. 그런데 이 이설들의 바닥에는 다음과 같은 의혹이 깔려 있었다. 셰익스피어와 같은 엄청나게 위대한 시와 철학을 과연 어떤 사람이 모조리 지닐 수 있겠는가? 이것이 가능하다고 하더라도 그 사람은 박식하고, 세도 있고, 견문이 넓으며, 외국어에도 능숙한 사람이어야 하지 않겠는가? 그렇다면 스트래트퍼드 출신의 촌뜨기 배우가 과연 그렇다는 증거가 어디 있는가?

정통파의 견해로는 당시의 문인치고 셰익스피어는 전기가 많은 편이라고는 하지만, 그의 공적, 사적, 외적, 내적인 사실과 기록은 그토록 위대한 작가의 기록치고는 아주 적은 편이다. 그래서 그를 우상같이 숭배하는 사람들은 역설 같지만 그 우상의 진흙으로 만들어진 다리를 찾기 시작했다. 범인(凡人)은 그와 같이 위대한 작품을 쓰지 못할 것이다. 따라서 셰익스피어는 범인일 수 없으며, 그 작가는 그와 같은 요건을 충족시키는 특수 인물일 것이라는 설이다. 이것은 마치 추리 소설과도 같은 이야기다. 여기에 또 한 가지 중요한 충족여건이 있다. 그것은 그가 어떤 이유가 있어 자기 이름을 정면으로는 밝힐 수 없었을 것이라는 설이다.

프랜시스 베이컨이 같은 시대인으로서는 그와 같은 요건을 모두 갖추고 있다 그리하여 베이컨을 셰익스피어 극의 작가라고 하는 주장이 특히 미국에서 한때 상당히 유력했다. 게다가 베이컨은 또 암호법에 조예가 깊었다. 작품 안에 저자가 베이컨임을 알아볼 수 있게 하는 암호들이 산재해 있다는 것이다. 예를 들어 ≪사랑의 헛수고≫(제 5막 제 1장)에 나오는 'honorificabilitudinitatibus'라는 조어의 뜻은 '프랜시스 베이컨의 정신적 소산인 이 극들은 후세에 영속하리라'를 뜻하는 라틴어의 암호라고 풀이하라는 이설이 있다. 그 근거는 그의 극의 출원이 여러 가지로 확실한 것으로 미루어 각색 또한 여러 사람의 공동 집필로 이루어진 것이며, 프랜시스 베이컨과 월터 롤리의 공동 집필, 또는 옥스퍼드 백작을 중심으로 한 베이컨, 말로, 롤리, 더비 백작, 러틀런드 백작, 팸브루크 후작 부인 등의 집단 집필로서, 이때 연극 기교에 관한 전문 지식이 요청되었을 것이므로, 셰익스피어는 그 편찬, 또는 교정 같은 일을 했을 것이다.

셰익스피어의 결혼에 관계되는 기록으로서, 1582년 11월 27일 자 우스터 주교 교구 기록에 'Wm Shakspere and Anna Whateley'라는 기록과 그 다음 날짜에 'Willm Shakspere to Anne Hathaway'라는 기록이 있는데, 정통파에서는 'Whateley'는 'Hathaway'의 오기일 것이라고 보고 있지만, 1939

년과 1950년에 각각 다른 스코틀랜드 학자가 주장하기를, 미스 횟틀리(Miss Whateley)는 셰익스피어의 애인으로 앤 해서웨이에게 패배하여 수녀가 되어 셰익스피어와는 정신적으로 결합하여 그와 같은 극을 함께 제작했을 거라는 것이다.

다음으로 말로 설이 있는데, 셰익스피어와 태어난 해가 같으나, 요절한 말로의 셰익스피어에 대한 영향은 정통파에서도 인정하고 있는 바이지만, 근래에 미국의 신문 기자 캘빈 호프맨은 ≪셰익스피어라는 사람의 살해 문제≫라는 저서에서 말로는 그의 후원자 토머스 월징엄(T. Walsingham)경의 사주자들의 손에 살해된 것이 아니라, 그가 무신론자로서 처형되는 것을 미리 막기 위해 월징엄 경이 피살을 가장하여 그를 유럽 대륙으로 도피시킨 것이다. 그래서 그는 후일 비밀리에 귀국하여 월징엄 경의 집에 은신하여 셰익스피어라는 이름으로 극작을 발표한 것이라고 주장했다. 호프맨은 또한 월징엄 경의 무덤을 발굴하는 허가를 얻어 발굴에 착수했으나, 거기에 있으리라고 예상했던 셰익스피어의 원고는 발견되지 않았고 미처 무덤 현실까지는 파보지 못한 채 발굴을 중단당한 일이 있었다. 그래서 요사이 스트래트퍼드에 있는 셰익스피어의 무덤을 발굴해 보자는 말도 있다.

다음은 옥스퍼드 백작 설이다. 옥스퍼드 백작 에드워드 비어의 가문(家紋)의 하나로 사자가 창(spear)을 휘두르고 있는(shake) 것이 있다. 그의 별명이 '창을 휘두르는 사람(speare shaker)' 이었으며, 그는 사우샘프턴 백작과 더불어 셰익스피어의 후원자로 알려진 사람인데, 사우샘프턴 백작이 그와 일리저베드 여왕 사이의 소생이라는 풍문이 나돌 정도였던 만큼, 그와 궁정과의 어떤 부득이한 사정 때문에 그는 자기의 작품에 셰익스피어라는 가명을 사용했거나, 스프래트퍼드 출신의 배우 셰익스피어의 이름을 빌려 쓴 것이라는 이설이 있다.

또는 셰익스피어라는 스트래트퍼드 출신의 대금업자가 궁색한 극작가들에

게 금전을 융통해 준 대가로 작품의 작가를 자기 이름으로 하게 했을 것이라는 이설도 있다. 또 하나의 이설은 그의 ≪소네트 집≫에 나오는 'Mr. W. H.'가 누구냐?, '흑발의 미녀(dark lady)'나 '미청년(fair youth)'은 과연 누구냐? 하는 것이다.

그의 소네트가 원래 개성적인 요소를 강하게 풍기고 있기 때문에 이 점들에 관해서는 정통파 학자들 사이에도 논쟁이 분분하지만, 말로 설의 주장자들은 '미청년'을 당시의 동성애와 관련시켜 말로의 동성애를 증거로 셰익스피어 소네트의 저자를 말로라 단정하고, Mr. W. H.를 앞서의 월징엄의 약기(略記)라고 주장한다.

같은 자료와 같은 사실을 가지고 이러한 설들은 이렇게 기묘한 결론에 도달하고 있지만, 오늘 날 정통파 학자들은 스트래트퍼드의 셰익스피어의 실존성에 대해 추호도 의심하지 않는다.

셰익스피어의 연표

1556년
존 셰익스피어, 스트래프퍼드 온 에이븐의 헨리 가(街)와 그린힐 가(街)에 주택을 구입.

1557년
존, 윌코트의 메리 아든과 결혼.

1558년
일리저베드 여왕 즉위.
존의 장녀 쥬오운 출생(9월 10일 세례).
존, 시의 치안관에 선임.

1559년
존, 스트래트퍼드 시의 벌금부과역에 취임.

1561년

존, 시의 재무관에 취임.

1562년

존의 차녀 마거레트 출생(12월 2일 세례).

1563년

마거레트 사망(4월 30일 매장).

1564년

존의 장남 윌리엄 셰익스피어 출생(4월 23일?).
윌리엄, 호울리 트리니티 교회에서 세례(4월 26일).
존, 역병으로 인한 빈민의 구제를 위해 다액의 기부를 함.

1565년(1세)

존, 시의 참사의원으로 피선.

1566년(2세)

존의 차남 길버트 출생(10월 13일 세례).

1568년(4세)

존, 시장에 취임.

1569년(5세)

존의 3녀 쥬오운 출생(4월 15일 세례. 사망한 장녀와 이름이 같음).

1571년(7세)

존, 시 참사원의 의장 격인 치안관에 취임.

존, 리처드 퀴니 상대로 50파운드의 채권 독촉의 소송을 제기함.

존의 4녀 앤 출생(9월 28일 세례).

1572년(8세)

귀족의 보호 없는 배우는 불량배로 취급되는 조령(條令)이 포고됨.

1573년(9세)

존, 헨리 히그퍼드에 의해 30파운드의 채무 이행의 소송을 받음.

1574년(10세)

존의 3남 리처드 출생(3월 11일 세례).

역병으로 인해 런던에서 연극 상연 금지.

1575년(11세)

존, 주택 구입에 40파운드 투자.

1576년(12세)

런던에 최초의 공개 상설극장의 건립 착수. 이것은 '극장'(The Theatre)이라 불리어졌음.

1577년(13세)

존, 이 무렵부터 공식 석상에 나타나지 않음.

셰익스피어의 연표 _ 181

1578년(14세)

존, 가옥을 담보로 40파운드의 빚을 냄(11월 14일).

1579년(15세)

존, 아내의 재산을 일부 처분함.

4녀 앤의 사망(4월 4일 매장).

1580년(16세)

존, 아내의 재산을 저당함.

존의 4남 에드먼드 출생(5월 3일 세례).

1582년(18세)

윌리엄 셰익스피어와 앤 훳틀리(Anne Whateley)와의 결혼 허가서 발행(11월 27일).

윌리엄 셰익스피어와 앤 해더웨이(Anne Hathaway)와의 결혼 보증인 연서(11월 28일. 이날 결혼함).

1583년(19세)

윌리엄의 장녀 수자나 출생(5월 28일 세례).

1584년(20세)

작자 미상의 ≪왕후귀감≫을 웨스툰이 편찬하여 출판.

1585년(21세)

윌리엄의 쌍동아 햄네트(장남)와 주디드(차녀) 출생(2월 2일 세례).

1586년(22세)

필리프 시드니 전사(戰死).

1587년(23세)

존, 시 참사의원에서 제명당함. 윌리엄, 이 무렵에 상경(?).

스코틀랜드의 메리 여왕, 엘리자베스 여왕에 의해 처형됨(2월 8일).

1588년(24세)

스페인의 무적함대, 영국 해군에게 격파당함(7월 28일).

1590년(26세)

≪헨리 6세≫ 제 2부와 제 3부 집필(?).

1591년(27세)

≪헨리 6세≫ 제 1부 집필(?)

1592년(28세)

≪헨리 6세≫ 제 1부, 〈스트레인지 소속 극단〉에 의해 상연(?)(3월 3일).

로버트 그린, '삼문제사'에서 셰익스피어를 비난.

이 해 후반에 역병으로 런던의 극장 폐쇄.

존, 교회 불참자의 명단에 기록됨.

≪리처드 3세≫ 집필(1592~1593년).

≪착오 희극≫ 집필(1592~1593년).

≪비너스와 아도니스≫ 집필(1592~1593년).

1593년(29세)

≪비너스와 아도니스≫ 출판 등록(4월 18일). 같은 해에 4절판으로 출판(양 4절판).

≪타이터스 앤드로니커스≫ 집필(1593~1594년).

≪말괄량이 길들이기≫ 집필(1593~1594년).

≪루크리스의 능욕≫ 집필(1593~1594년).

극작가 크리스토퍼 말로 살해당함(5월 30일).

1594년(30세)

윌리엄, 〈궁내대신 소속 극단〉(Lord Chamberlain's Men)에 단원으로 참가.

≪타이터스 앤드로니커스≫ 출판 등록(2월 6일), 동년에 4절판으로 출판(양 4절판).

≪헨리 6세≫ 제 2부 출판 등록(3월 12일), 동년에 악 4절판 출판.

≪루크리스의 능욕≫ 출판 등록(5월 9일), 동년 4절판으로 출판(양 4절판).

≪착오 희극≫ 그레이 법학원에서 상연(12월 28일).

≪베로나의 두 신사≫ 집필(1594~1595년).

≪사랑의 헛수고≫ 집필(1594~1595년).

≪로미오와 줄리엣≫ 집필(1594~1595년).

1595년(31세)

윌리엄, 〈궁내대신 소속 극단〉 단원으로서 최고의 기록(3월 15일).

≪리처드 2세≫ 집필(1595~1596년).

≪리처드 2세≫ 상연(12월 9일).

≪한여름 밤의 꿈≫ 집필(1595~1596년).

1596년(32세)

장남 햄네드 사망(8월 11일 매장).

부친 존, 문장(紋章)의 사용을 허가 받음(10월 20일).

≪존 왕≫ 집필(1593~1596년).

≪베니스의 상인≫ 집필(1596~1597년).

1597년(33세)

윌리엄, 이 무렵 런던의 세인트 헬렌의 비셥게이트에서 거주함.

윌리엄, 스트래트퍼드에서 가장 아름답고 둘째로 큰 저택 뉴 플레이스(New Place)를 윌리엄 언더힐로부터 40파운드에 구입함(5월 4일).

≪리처드 2세≫ 출판 등록(8월 29일), 동년 출판(양 4절판).

≪리처드 3세≫ 출판 등록(10월 20일자), 동년 출판(양과 악의 중간의 4절판).

≪로미오와 줄리엣≫ 악 4절판 출판.

≪헨리 4세≫ 제 1부와 제 2부 집필(1597~1598년).

≪사랑의 헛수고≫, 크리스마스에 궁정에서 상연.

1598년(34세)

≪헨리 4세≫ 제 1부 출판 등록(2월 25일), 동년 출판.

≪소네트 집≫ 거의 완성(?).

수상인 윌리엄 세실 사망.

≪베니스의 상인≫ 출판 저지 등록(7월 22일).

윌리엄, 벤 존슨의 〈각인 각색〉에 출연(9월).

≪사랑의 헛수고≫ 양 4절판 출판.

≪헛소동≫ 집필(1598~1599년).

≪헨리 5세≫ 집필(1598~1599년).

프랜시스 미어스의 수기 ≪지식의 보고≫ 출판, 이 책에는 셰익스피어에 관한 여러 가지 언급이 있다.

1599년(35세)
시인 에드먼드 스펜서 사망.
풍자문학 금지(6월 1일).
에섹스 백작, 아일랜드 원정 실패.
〈궁내대신 소속 극단〉의 본거인 〈지구극장〉 개장.
≪줄리어스 시저≫ 집필, 동년 〈지구극장〉에서 상연(9월 21일).
≪로미오와 줄리엣≫ 양 4절판 출판.
≪뜻대로 하세요≫ 집필(1599~1600년).
≪십이야≫ 집필(1599~1600년).

1600년(36세)
동인도회사 설립.
≪뜻대로 하세요≫ 출판 보류 등록(8월 4일).
≪헛 소동≫ 출판 보류 등록(8월 4일), 출판 등록(8월 23일), 동년 출판(양 4절판).
≪헨리 4세≫ 제 2부 출판 등록(8월 23일), 동년 출판(양 4절판).
≪헨리 5세≫ 출판 보류 등록(8월 23일), 동년 악 4절판 출판.
≪한여름 밤의 꿈≫ 출판 등록(10월 8일).
≪윈저의 명랑한 아낙네들≫ 집필(1600~1601년).

1601년(37세)
부친 존 사망(9월 매장).

〈궁내대신 소속 극단〉 에섹스 백작 일당의 요청에 의해 왕위 찬탈극 ≪리처드 2세≫를 〈지구극장〉에서 상연(2월 7일).

에섹스 백작, 런던에서 쿠데타를 거사하여(2월 8일), 사형에 처해짐(2월 24일).

≪십이야≫ 궁정에서 상연(1월 6일).

≪햄릿≫ 집필(1601~1602년).

≪트로일러스와 크레시더≫ 집필(1601~1602년).

1602년(38세)

이 무렵 크리폴게이트(런던)에서 하숙.

스트레트퍼드 교외에 107에이커의 토지를 320파운드에 매입(5월 1일).

≪윈저의 명랑한 아낙네들≫ 출판 등록(1월 18일), 동년 악 4절판 출판.

≪햄릿≫ 출판 등록(7월 26일).

≪끝이 좋으면 다 좋다≫ 집필(1602~1603년).

1603년(39세)

일리저베드 여왕 사망(3월 24일), 튜더 왕조 끝남.

제임즈 1세 즉위하여 스튜아트 왕조 출발.

〈궁내대신 소속 극단〉, 제임스 1세의 후원 아래 〈국왕 소속 극단〉으로 됨(5월 19일).

역병으로 해서 런던의 극장들은 1년이나 폐쇄.

≪트로일러스와 크레시더≫ 출판 등록(2월 7일).

≪햄릿≫ 악 4절판 출판.

1604년(40세)

≪오델로≫ 집필, 동년 11월 1일 궁정에서 상연.

≪이척보척≫ 집필(1604~1605년), 동년 12월 26일 궁정에서 상연.

≪햄릿≫ 양 4절판 출판.

1605년(41세)

〈국왕 소속극단〉 ≪헨리 5세≫를 궁정에서 상연(1월 7일).

〈국왕 소속극단〉 ≪베니스의 상인≫을 궁정에서 상연(2월 10일).

의사당 폭파 음모 사건 발각됨(12월 5일).

윌리엄, 스트래트퍼드와 그 인접 지역의 31년 간의 10분의 1세(稅)의 권리를 440파운드로 매입(7월 24일).

≪리어왕≫ 집필(1605~1606년).

1606년(42세)

의사당 폭파 음모 사건의 주모자 헨리 가네트의 처형(5월 3일).

무대에서 신을 모독하는 말을 쓰지 못하게 하는 조령(條令) 포고(5월 27일).

≪맥베드≫ 집필.

≪리어 왕≫ 궁정에서 상연(12월 26일).

≪앤토니와 클레오파트라≫ 집필(1606~1607년).

1607년(43세)

장녀 수자나, 의사 존 홀과 결혼(6월 5일).

≪리어 왕≫ 출판 등록(11월 26일).

≪코리올레이너스≫ 집필.

≪아테네의 타이먼≫ 집필.

1608년(44세)

시인 존 밀턴 출생.

수자나의 장녀 일리저베드 출생(2월 8일 세례).

모친 메리 사망(9월 9일 매장).

윌리엄, 존 애든브루크를 상대로 6파운드의 채권에 관해 소송을 제기하여 승소함(12월 17일~1609년 6월 7일).

〈국왕 소속극단〉이 실내 극장인 〈블랙프라이어즈〉를 매입, 윌리엄도 8분의 1의 주주가 됨(8월 9일).

≪앤토니와 클레오파트라≫ 출판 저지 등록(5월 20일).

≪리어 왕≫ 출판(양과 악의 중간의 4절판).

≪페리클리즈≫ 집필(1608~1609년), 동년 출판 등록(5월 20일).

1609년(45세)

≪트로일러스와 크레시더≫ 출판(양 4절판).

≪소네트 집≫ 출판 등록(5월 20일), 동년 출판.

≪페리클리즈≫ 출판(양 4절판).

≪심벨린≫ 집필(1609~1610년).

1610년(46세)

윌리엄, 이 무렵에 고향에 은퇴(?).

≪겨울 이야기≫ 집필(1610~1611년).

1611년(47세)

≪흠정 영역 성서≫ 출판.

점성가 사이먼 포맨, 〈지구극장〉에서 셰익스피어의 극을 관람한 기록이 있음.

≪맥베드≫ (4월 20일), ≪심벨린≫ (4월 하순), ≪겨울 이야기≫ (5월 15일) 등.
≪태풍≫ 집필(1611~1612년), 동년 궁정에서 상연(11월 1일).

1612년(48세)
윌리엄, 벨로트 마운트조이의 소송사건에 증인으로 출두(5월 11일, 6월 19일).
일리저베드 왕녀의 결혼 축하와 외국 사절들을 위해 〈국왕 소속 극단〉은 이 해 겨울부터 1613년에 걸쳐 20회 이상의 공연을 함.
≪헨리 8세≫ 집필(1612~1613년).

1613년(49세)
〈국왕 소속 극단〉, 〈지구극장〉에서 ≪헨리 8세≫를 상연(6월 29일).
이날 상연 때의 축포의 불꽃에 인화하여 〈지구극장〉 소실. 곧 재건립에 착수.

1614년(50세)
제2의 〈지구극장〉 6월(?)에 준공.
윌리엄, 상경(11월 17일).

1616년(52세)
윌리엄, 유언장을 기초(起草)(1월 ?).
차녀 주디드, 토머스 퀴니와 결혼(2월 10일).
윌리엄, 유언장을 다시 정리 작성하여 서명함(3월 25일).
윌리엄, 사망(4월 23일), 스트래트퍼드의 호울리 트리니티 교회에 매장(4월 25일).

1619년

토머스 파비어, 셰익스피어의 선집 출판(≪헨리 6세≫ 제 2·3부, ≪베니스의 상인≫, ≪헨리 5세≫, ≪한여름 밤의 꿈≫, ≪윈저의 명랑한 아낙네들≫, ≪리어 왕≫, ≪페리클리즈≫ 등이 수록됨).

W· 자가드, 불법으로 셰익스피어의 전집을 2절판으로 출판 기도.

1621년

≪제일 2절판 전집≫ 인쇄 착수(4월 ?).

≪오델로≫ 출판 등록(10월 6일).

1622년

≪오델로≫ 출판(양 4절판).

1623년

윌리엄의 아내 앤 사망(8월 6일 매장).

셰익스피어 극의 전집 출판을 위해 ≪태풍≫을 비롯하여 16편 극의 출판 등록 (11월 8일).

셰익스피어의 동료 배우 존 헤밍그와 헨리 콘델에 의해 편찬된 셰익스피어의 극 전집 ≪제일 2절판 전집(The First Folio) 출판(연말 ?). 이 전집에는 ≪페리클리즈≫와 시는 포함되어 있지 않음.

memo